鸟藏

老王子 作品

NIAO CANG

四川文艺出版社　ONE book

图书在版编目（CIP）数据

鸟藏 / 老王子作品 . -- 成都：四川文艺出版社，
2018.9
ISBN 978-7-5411-5118-7

Ⅰ . ①鸟… Ⅱ . ①老… Ⅲ . ①短篇小说－小说集－中
国－当代②诗集－中国－当代Ⅳ . ① I217.2

中国版本图书馆 CIP 数据核字（2018）第 168590 号

NIAO CANG

鸟藏

老王子　作品

责任编辑	谢雯婷　彭　炜
责任校对	汪　平
装帧设计	雾　室
出版发行	四川文艺出版社（成都市槐树街 2 号）
网　　址	www.scwys.com
电　　话	028-86259287（发行部）　028-86259303（编辑部）
传　　真	028-86259306

邮购地址	成都市槐树街 2 号四川文艺出版社邮购部　610031
印　　刷	天津旭丰源印刷有限公司
成品尺寸	126mm×186mm　1/32
印　　张	9　　　　　　　字　　数　180 千
版　　次	2018 年 9 月第一版　　印　　次　2018 年 9 月第一次印刷
书　　号	ISBN 978-7-5411-5118-7
定　　价	42.00 元

目录
contents

正文 001

诗选 241

正 文

story

鸟藏

香山实在太远了，他站在火车南站感叹。打开地图琢磨路线，能看到香山是北京西北角上的一片绿。他没来由地想，要能把这片绿搬进市区应该放哪儿？要放在天安门，他就能在天黑前赶到，要是放在牛街，估计只要二十分钟，放在陶然亭，他就可以走过去……但是没有，不论他怎么拨拉地图，香山始终坚硬地守在原地。这么大一座山，城里确实也放不下。他替香山着想，动身往前走去。

上海没有大山。佘山更像个土坡，上面住着打高尔夫球的富人。他们过着一种他不能理解的生活。仿佛他们生来就是为了打高尔夫球的，然后他们来到了佘山，把自己的照片放在高档别墅的广告牌上，从西边对着整个城市微笑。他住在松江，下班路上经常能看到这些斑斓的牌子。有时他觉得这是城市生活的福利，起码老家看不到这个，不是吗？有朋友告诉他，这里面还有游艇俱乐部。他震惊了，作为一个从小在山区长大的人，他无法想象在山上怎么开游艇。朋友没有回答，脸上露出神秘的微笑，很为他的反应得意。这些别墅的广告都在告诉他同一个意思：如果今生能住在佘山，不但死后可以上天堂，子子孙孙也都将在此地拥有一种幸福的生活。但那都是与他无关的事物，他想起自己冰冷的一居室，网上抽奖抽来的自行车停在门背后，他用了三年的台式机发出嗡嗡的读盘声……每个月的开销发票他都用皮筋扎好了放在冰箱顶上，期待着报销的可能。剩下的钱他这次都取出来带在身上了，放在贴身衬衫的口袋里，然后他突然想起昨晚吃剩的葱油拌面外卖还丢在垃圾桶里忘了扔出去。回去的时候应该要馊掉了，不过因为是冬天，上海的房间里也没有暖气，应该不至于引来蚂蚁。他寄希望于房东太太不要在他不在的这几天里去开门找什么东西。

　　如果住在香山呢？他这么想着。香山也是很伟大的吧？毕竟这里是北京。香山，红叶……然后呢？他发现除此之外他对香山一无所知。他没有在北方生活过，他毕业后就去了上海，对北方城市的生活缺乏认识。暖气究竟是怎么送进千家万户的？冬天的菜市场真的只有大白菜和萝卜吗？北京人周末都会去香山玩吗？如果他离开上海，住到北京这样一个城市，会怎么样呢？不受欢迎大约是肯定的，天下没有不欺生的老百姓……可起码吃的方面会习惯些吧？早年有两个朋友倒是真的离开上海在北京工作了几年，但他们最后又都回到了上海，并对在北京的经历绝口不提。他不知道在这里会发生什么。有时他觉得城市都是一样的，一样无聊，巨大，冷漠。人们在地铁里挤成一片，但心中的距离远隔重洋，不爆发剧烈的冲突就是万幸了。想到这一点，他打量了一番周围，这里仍旧和他刚上来时一样，冰冷，拥挤，嘈杂。他用腿紧紧夹着放在地板上的包，人吊在拉环上，随着车辆的前进晃晃荡荡。坐在他身前椅子上的中年人戴着一个简易的3M口罩，乃是为了防止雾霾。据说雾霾已经侵占了整个北方。那种口罩，不管有没有用，他包里也有一个，他想了想，也拿出来扣在了脸上。呼出的热气在眼镜上变成一团雾气，又瞬间被寒冷吞噬。地铁终点站在离香山还有十几公里的地方，无法再向前。他从地底下上来，发现天已经全黑，寒风猛烈地朝他扑上来。

地铁站外面是个巨大的公交车站，一辆辆公交车从车流中挣扎出来，在这里停下，又轰鸣着绝尘而去，像怪兽。他小心翼翼地奔走，查看它们的去向。这些公交车都是两截的，大概是为了把更多的人从这偏远的所在，带去更偏远的所在。发现公交车要坐十三站之后，他试图在这里叫一辆出租车，但失败了，风越来越大，天越来越黑，完全没有小汽车在这里靠边。他又在巨大的公交车站来回走了几圈，最后放弃。此刻，那副口罩完全变成了累赘，已经勒得他无法呼吸，他懊丧地把口罩扯下来，冲进了一辆即将离开的公交车。

医院在一条小路上，小路上全是土。他看到父亲在路边站着，穿着棉袄跟他挥手。棉袄是土黄色的，他想起这件衣服父亲至少已经穿了六年。雾霭把整条路都遮住了，只能看到近处有几个人，黑衣服的男人，粉红袄子的女人，他们叫嚷着，招呼来往的人住宿。但他们背后没有巍峨的酒店大堂，只是些低矮的平房，门口写着"住宿，60元一晚"。来了？父亲远远地跟他叫道。来了。老远就看到你了。他说。我在这里等你半天了。他看到父亲跺了跺脚。我妈在哪间病房？他着急地问。很近，跟我走。他父亲转身走去。医院的楼房都不高，被楼旁道边栽种的树木遮掩。树木让这里变得幽深，安静。他平心静气，跟着父亲拐弯，又拐弯，最后进入其中一幢。这时，脚踩在实地上的坚硬感才顺着膝盖传上来。

母亲剃了光头坐在病床上，看到他，张张口没说话，又扭头俯身下去，趴在枕头上哭泣。他走过去安慰她，又拥抱了她。她说，我难看死了。他说，不难看，像是要演尼姑的大明星。她忍不住又笑。接着她开口抱怨，为什么我要生这个病呢？我本来不会生病的，要不是……好了好了我们都知道。他打断了母亲的话，拉住她的手。关于母亲生病的原因，所有人都知道，并且已经听了很多遍，大家都不想再听了。旁边的父亲看起来也像是松了一口气，他丢下儿子和妻子，走到阳台上望着黑乎乎的远处，突然大声说，这里白天应该可以看到香山，等你妈病好了，我们带她去香山。好，好，一定要去的，一定会去的。

到了去香山的时候，病就好了吧？他这样想着，木然在病床边的椅子上坐下，详细向母亲询问着病情检查的进展，以及手术时间。但母亲语焉不详，很明显大家都对她有所隐瞒。于是他问，医生还在吗？不，不在了，他已经回家休息了。但是有值班医生，你要不要和他聊聊？母亲说。也行，那就去和值班医生聊聊。他站起身来。让你爸带你去吧，我要休息一会儿，值班医生的办公室就在对面，不远的。说完母亲躺倒下去，他看着她闭上了眼睛。

医院走廊的灯光总是过于刺眼，他低着头，跟父亲走。医生办公室里只有一名医生了，他从最里面站起身来，大声说，你就是九床病人的家属吧？是她儿子？对，是她儿子。好，您坐，她的情况明天主刀的大夫已经跟我详细说过了，我来跟您解释一下。医生把CT片子一张张放在灯前。他走过来坐下。

病人的情况我想大家都看到了。这个…异物，我们暂且称之为异物，在她的脑部已经长了十几年，现在我们要把它拿掉，目前论证下来，拿掉的唯一办法就是开颅。我们不再考虑其他治疗方案。手术的部位，你看这一张，这一张比较清晰……一般就是我们称为大脑中动脉M1段的位置。M1的位置非常关键，稍有不慎，人就会出现肢体瘫痪、语言等行为能力丧失的症状，所以手术非常危险。但是不手术呢，就更危险。你们看，这个异物，我们经过分析，认为它确实是有生命的，并且它还在不断地生长，目前它已经直径……你们注意我的卡尺，已经有4CM了。现在，在它的外面尚有一层壳，但这个壳目前已经出现裂缝了，我们拿今天照的片子和之前你们在地方医院照的片子相比，发现这条裂缝就是在这一个月前才出现的，这证明里面的生命体就要破壳而出了，一旦它破壳而出，病人的性命就会不保，所以我们必须马上手术，手术时间就是明天……

医生，手术的同意书，我还需要再签吗？

不用了，你父亲下午签过了，他就可以了。

所以现在就是等待手术是吗？

是的，等手术就好了。

手术……会成功吗？

这……叫我怎么说，我们会尽力的，但手术有风险，这个你必须明白，风险还是很大的，毕竟它，这个异物，是个活体。

在他母亲脑袋里的，乃是一只鸟。二十五年前，母亲尚年轻，是个美丽温和的中年妇人，白皙、高挑、身躯细软、说话轻柔。他的家乡是大山深处的盆地，父亲母亲并不常出山，工作之余，不过打打麻将，或在山水间徜徉。但他那时尚且年幼，对这些生活知之不多。少年人期望父母的关注，但并不在意父母是如何生活的。原因应该还是打麻将造成的——母亲陪父亲去山中看望远亲，于远亲家院中树下摆开龙门阵，一打就是一个下午。傍晚歇息之时，母亲趴在桌子上小憩，被异物滴入耳朵的感觉惊醒。母亲说，那种感觉非常奇怪，像是水，但又比水要浓稠，有一股甜甜的腥味。但亲戚们都报之以哂笑，你是做梦了吧？这种小憩不可能睡得很死，而且那种感觉是如此真实，所以母亲试图争辩，并伸手轻掏左耳，但耳中竟空无一物，那滴入耳中的东西仿佛从未存在过。此事被当作一个笑谈，从此被轻轻放过。但母亲的性情却从那时起渐渐发生了改变。原先的她不喜欢与人争执，遇到别人诘难，只会涨红了脸，从那天以后，她竟能毫无来由地从口中爆出连珠炮般的语句，吵得对方哑口无言。她的脾气也开始变得急躁、暴烈，不再温柔如水。那一年，他不过刚上初中，但记忆中挨的第一顿打便是在那之后。后来，母亲的面相也随之略有些变化，原本丰腴的下巴变得干瘪，本来淡淡的法令纹变得深刻，白皙的肤色渐渐暗黄……虽然还是个美人，却开始让人觉得不能亲近。这种变化是缓慢的，却又不容置疑，之前的那个母亲仿佛消失了。事到如今他去回想，能想起来的都是母亲跳着脚在邻居门口大骂的场景：她手叉在腰间，短短的头发束在脑后，穿着一件碎花的罩衫，嘴唇翻飞，声音尖细……而邻居家则关门闭户，鸦雀无声。母亲那副样子，怎么说，确实像一只愤怒而疯狂的鸟。

　　另一个变化是她不再吃鸡了。用她自己的话说，她不吃两条腿的动物了。噢，还要再加上鸡蛋。这个变化也是令人瞩目的。西红柿炒鸡蛋，或者韭黄炒鸡蛋本是家中常见的菜类，起先他和父亲发觉，这些菜开始总是剩下一小份，然后他们看到母亲在洗手台前干呕，说感觉鸡蛋坏掉了，吃下去恶心。后来家中就不再能看到蛋类了。又有一天，他发现母亲不再给他买烧鸡吃，于是去问母亲，母亲想了想说，你喜欢吃猪蹄吗？五香牛肉也可以？他欢欣鼓舞地选了五香牛肉，从此遗忘了再也没有在家里出现过的禽类。山城偏僻，穷苦，他家本就不是讲究的那一类，从此便接受了这种改变。他现在回想，父亲和母亲之间也许就此谈过，也许没有，但那也于事无补了。

有一年，应该是他高考前夕，北山里下来一个亲戚，说老家院子里的樱桃结得特别好，特地带了一些来给他们吃。母亲接过樱桃，笑靥如花，边吃边和亲戚聊天，那种小小的野樱桃，母亲轻巧地用舌头一卷，便能将肉与核分离，樱桃核和樱桃梗连在一起，被准确地丢进垃圾桶，肉被喂进他嘴里。不过半小时的光景，樱桃被他们二人一扫而空，留下瞠目结舌的亲戚："没想到你们这么喜欢吃，明年我多带些来。"母亲嘻嘻笑着，不再说话。他只顾品味樱桃的美味，对其中的蹊跷一无所察。

第一次晕倒发生在十年前，据父亲说，那是一个夏天的傍晚，天色很好，星星月亮才升起来，难得天气也不闷热，还有微微的细风掠过堂屋，堂屋里摆着切好的青瓜，散出淡淡的甜香。吃过晚饭，父亲提议去河边散步，但母亲表示晚饭吃多了，要先喝点水。母亲坐在院子里喝

水的时候，父亲将将出门走了五十步，然后她轻轻歪倒
在椅子上，椅子失去了平衡，翻倒在地，她继而跟着倒在
地上。椅子敲击在院子里的石板地上，发出清脆的响声，
父亲扭头看到了这一幕。倘若椅子是放在土地上，或是母
亲没有能够将椅子压倒，那么父亲便有可能径自向河边走
去。在这样一个美好的夜晚，谁能想到会发生这样的事
情？母亲便可能性命不保。所以，此次灾厄过去以后，尽
管母亲的脾气已经变得非常之差，差得让人觉得她六亲不
认，但她仍旧常常会提起"我男人曾救了我一命"。十年
前的检查，是在他老家山城的医院进行，那里条件一般，
只能模糊地查出"脑中有一个小小的圆形的阴影，应该是
肿瘤"，然而即使去了南阳，去了郑州，医院也不建议手
术，因为那个位置实在要命，"如果能不动，就尽量先不
动"。就这么又过了十年。这十年里，居然晕倒再未发
生，直到那个小东西试图破壳而出。

　　初次晕倒之时，他在外读书工作，一无所知。之后的
十年里，父亲和母亲也对他守口如瓶。母亲会打来一些电
话，说一些道理给他听。类似"你不要怕苦怕累，没有人
是累死的，只有懒死的"，"你是我的儿子我当然了解
你"，"你要重视血缘和家族超过你自己"，"你要早早
结婚生子，不可浪荡"……凡此种种，在他听来，都是陈
词滥调。他不知道别家父母是否如此啰唆，只是在电话中
赔笑，虚与委蛇。他觉得自己不同于母亲。他喜欢吃鸡
肉，广东餐馆卖的烧鸭和烧鹅他也颇为中意。倘若摘去蛋

黄的话，他一口气能吃四个鸡蛋。他有一种要把幼年欠的美味全部补上的决心。不过他过得并不好，在上海这样一个地方，过得不好十之八九就是指穷。像他这样大学毕业混迹此地的青年多如牛毛，没有出众的才华，没有显赫的家世，他挣扎腾挪在一间间奇怪的公司，三十多岁，如朝不保夕的浮萍。一只水鸟掠过湖面，仿佛触到了水面，又仿佛没有。他在此地的生活像是真实存在的，又像不是，这些年，他反反复复地确认着，从城市的西边搬到东边，又从东边搬回西边。他意识到人生是循环往复的，毫无意义，随时可能休止。

遵照母命向生活进军的历程不是没有过，比如他有过一段糟糕的爱情，如果那能称之为爱情的话。对方是年轻、活力的城市女同事，大概是误将他的沉默寡言当成了神秘，主动示好。二人约在公司不远处的茶社，单独共进午餐，餐后二人对坐闲聊，他突然发现对方没有穿文胸。一道美好的弧线在他面前伸展着，带给他某种生命中没有出现过的向上的气息。女同事自然是脸色绯红，用目光指责他的贪婪，然而他在这种情况下反而变得坦然而安静。事后二人都将这段经历视作感情的开始——如果一段感情修成了正果，这便是美好的童话，如果没有，人们会说"这真不是什么好事儿"。是的，这真不是什么好事儿。

姑娘在激情时的叫喊总会让他觉得不适，在这之前，他只对妓女有经验，妓女们会发出大胆直接的叫声，他悦纳于此，觉得仿佛在人生中抓住了某种确定的东西。但她的叫声常常让他弄不清楚她是舒服还是痛苦，或者有时候他觉得她快要断气了，就停下来询问，她会停下那种嘶哑的呻吟，小声说"没事儿"。她那种像蛇吐信子般，或者是倒抽冷气的"咝咝咝咝……"声，常常让他腰后发凉，觉得自己是被某种冷血动物擒获。他习以为常的冷漠肯定也令对方不适了，姑娘的热切很快就过去，然后"神秘感背后果然空无一物"这一事实也令姑娘更加厌倦，他们很快便不再来往，而他居然也对她毫无眷恋。他母亲知道这段关系，常常电话过来询问进展，期望可以抱上孙子。最后他说"分手了"。母亲在电话那边沉默良久，最后说起了他几个表亲的近况。之后一段时间，她不再催促他恋爱结婚，她知道他经济状况不好，常常寄钱寄物，他把东西都留下，钱攒下来，然后在过年的时候包成红包还给她。

关于自己儿子在上海混得不好这件事，她应该已经默默认命了，也或者她根本没有指望过他多么有出息。后来她来电话，只是反复地跟他讲，我那年去山里，就是后面红草沟，红草沟你知道吗？不知道也没有关系，就是你父亲的老家了。我去跟你几个伯父伯母，以及他们的儿子媳妇打牌，也可能是打麻将吧。打了一下午，我赢钱了，我开心啊，然后打到天快黑的时候，他们都起来走了，不跟我玩儿了。我估计他们就是因为我赢太多啦。然后他们说晚上烧鸡汤，我指望他们把鸡汤烧上了接着回来打，就没有去厨房帮忙,坐了一会儿,我就趴在牌桌上睡着了。睡着睡着,我就觉得有个东西钻进了我的耳朵里。我一下子就醒过来了。醒过来那个东西就不见了,我跟你爸说,他也不信,我跟你几个伯父说,他们也不信,说是我做梦……那你掏耳朵了吗?他问道。掏了啊,但就是什么也没有掏出来……他听出来她在电话那边有点不好意思。没有掏出来就说明什么也没有。他冷冷地说,并打算如果她没有什么更多要说的,他一会儿就把电话挂掉。但她并没有停下来,而是接着说,那个感觉真是太清楚了,这么些年了,我还记得,就像是水,或者奶,滴进耳朵的感觉,或者是蜂蜜,就是那么一种感觉,我觉得还挺多的……后来这个故事,她反复和他说了有不下十次,每一次都不尽相同,他心情好的时候,也会偶尔陪她回忆前前后后的细节,比如:"那天到底打的是牌还是麻将?""都有谁在打?中间有没有换过人?""谁输得最多?""是谁最先提出要喝鸡汤的?""鸡汤最后你到底有没有喝?你就是从那天以后不吃鸡肉的吧?""第二天你们什么时候走的?还是你们是当晚走的?"……我觉得那次鸡汤我好像喝了挺多的。她在电话里喃喃地说,难得来一次,又是农村的柴鸡汤……我看你大哥跟你二哥,一人拎着一把刀,追着那只鸡满地跑啊,最后那只鸡一直上到树顶上,怎么也不下来。到底还是你二哥家那个小家伙麻利,他慢慢爬到树上,从背后一把捏住了鸡脖子。嗨,我觉得主要还是那个鸡顺着树枝走到绝路上了,不然他们抓不住它的……

他是两个月前知道她非动手术不可的。她再次在家中昏倒了，不过这次是在床头，晚上她正看着电视，开始呕吐，然后不省人事，父亲将她送去山城医院，医院的设备水平已经进步了，从影像上，那个"肿瘤"已经有4CM大小。医生建议她转去南阳的医院。他从上海飞回南阳，和医生做详细沟通。医生第一次告诉他，你母亲的脑袋里，有一枚鸟类的蛋。经过十年，现在这枚鸟蛋可能要孵化了。一旦蛋壳破碎，你母亲就有生命危险。

人的脑袋里怎么会有鸟蛋呢？他不知道该如何理解这件事。

但它就是在那里了，医生说，我们现在还看不出这是哪种鸟类的蛋。一开始，我们以为是纤维瘤，后来觉得是脑膜瘤，但都排除了。有北京的医生说是动脉瘤，我觉得也不像。跟我们有联系的，北京上海的，最好的专家都会诊了，看了我们发的片子后，最终都支持我们的诊断结果，就是那是一只鸟蛋。它所处的位置叫M1，这里好比大脑中的十字路口，血管非常密集，而且管着人的肢体、语言等关键能力，本来能不动刀最好不动刀……不是这里，是这里，这里（医生迅速伸手用手指比划了一下他左边的脑袋）……但拖了这么多年，它越长越大，不断挤压脑组织，现在又出现了要孵化的迹象，如果不尽快开颅，等它孵化出来，人就没了。而且现在我们这里还没有条件动这个手术。这个手术难度非常高，世界上没有人动过，我们现在最担心的就是在开颅的过程中引起鸟蛋的破碎。目前全国能动这个手术的医院，都在北京，跟我们有合作关系的，在北京香山，按照我们的推测，这枚鸟蛋可能还需要三个月才能孵化，所以手术必须在三个月之内完成。

父亲带着母亲先来了香山，接着是他。现在一家三口，聚集在香山脚下。他和父亲回到60元一晚的农家，佝偻着睡下。睡到一半，他咬咬牙将父亲叫起来，说，走，我们去住酒店。父亲没有拒绝，他们顺着地图找到最近的一家，安顿下来，但也不再睡觉，而是坐下来试图就母亲的病情做一些交流。

父亲告诉了他十年前发病的经过，他则分享了吃樱桃的事儿。父亲听了不禁笑了起来，说，她越来越瘦，也确实越来越像一只鸟。你觉得她像哪一种鸟呢？他嘴边有一个词呼之欲出，但是忍住了。他父亲自顾自地说下去，我觉得她像麻雀，就是我们土话说的"小虫儿"。她后来跟人吵架，一直蹦蹦哒哒的。然后我带她去玩乒乓球，她也蹦蹦跳跳的，因为瘦，有一次徐坤，就是你徐叔说，她怎么越来越像只小虫儿了。你妈后来说话也快，一旦开口别人一句也插不进去，附近都闻名了，都知道她厉害，会吵架。

她不吃鸡蛋和鸡肉的时候，我就觉得她奇怪了。但你们不说，我也不知道。我那时小，有次拿零花钱在路边买了一根鸡肉肠，她回家看到，还抢了一半去吃，前后也不过几个月的时间吧，她突然就不碰这些东西了。他说着开始用眼睛打量自己的父亲。父亲讪讪地坐着，并不抬头看他。

　　我没有想那么多，不吃就不吃吧，我也没有多喜欢吃鸡肉……还有个事情没跟你说呢，后来有一段时间，她一直说你不好，说你外出读书工作以后，人变得冷漠，对谁都不热情，好像在上海跟人处得也不好，不知道你为什么变成了这样。尤其你有了一个女朋友，但后来又分手了，她好像很喜欢那个女孩子，但最终你们也没有成，她对此很失望。因此她想去外面再抱养一个孩子。说得最多的时候，我带她去接触过几个亲戚家的小孩儿，但最后她还是没有抱。

　　他脑袋一紧，一时不知道说什么好。只好起身去浴室洗澡，并在浴室门口说，明早还要去陪她手术，你也早些睡吧。他听到父亲应了一声。待洗完澡出来，他发现父亲已经睡着了，他和衣躺在床边上，被子胡乱压在身下，发出响亮的鼾声。他试图帮他盖好，但没有做到，只好把空调开到最高。

　　第二天一早，他们被医院的电话叫醒，七点钟。半个小时后，母亲就要进手术室了。他不知道自己什么时候睡着的，父亲的鼾声太响，他一直被吵醒，现在感到自己头痛欲裂。站在家属等待区，麻醉确认书从一个小窗口里递出来。他父亲有点哆嗦地拿着笔，定在那里。他说，没关系的，签吧。他父亲一声不吭，过了一会儿，说，我看不懂。他拿起来，但觉得那些字像是扭曲的蚯蚓，不禁一阵晕眩，问那个遮紧口鼻只露出一对眼睛的麻醉师，我可以签吗？不行，昨天手术确认书谁签的，就得谁签。昨天都签了，不差这个了。他盯着父亲说。父亲颤抖着写下了自己的名字，字很好。

鸟蛋会被敲碎吗？到底要如何取出？取出来的鸟，还能活吗？它会不会是一只会飞的、真正的麻雀？如果不是，它到底是什么？听说取出的东西会交给病员家属确认，是真的吗？母亲会顺利醒来吗？她还能认出我来吗？凡此种种，他都不知道。手术的时间是如此漫长、单调，他和父亲再也没有什么可以交谈的。下午昏黄的天气像一场热病，氤氲在每个人身上，却冷得彻骨。手术室里的人一个个推出来，但没有母亲。最后天黑了，黑得又像是从来没有亮过那样。香山再也看不见了，它躲在暗中，不知道是否巨大如昔。医院外面的马路空空荡荡，通向不知道什么地方。不时地，会有病人躺在床上，从楼里被推上马路，绕了几圈送去别的地方检查，又推回来。小小的输液瓶撞击着不锈钢输液杆，发出叮当叮当的声音。叮当叮当地来了，叮当叮当地去了，就像千里之外上海的生活，此刻更加模糊了。他已经想不起自己为什么会在那里，而此刻为什么又在这里。他觉得假如生活在这一刻就此停止的话，似乎也没有什么不好。对于上海，他也许就是那只易碎的，应该被摘除的鸟蛋。他是有害的。他认识到这一点，突然觉得开始理解自己的生活了。佘山上的那些人才是真实的。有问题的、不踏实的、无法停顿和存在下去的人——是他。

后来，在母亲应该要出手术室之前的某一刻，医院进口处的马路上传来嘈杂的声音，一直传到他站立的窗口。别的病人家属都走了，他带着无聊的父亲下楼去看热闹，顺便吃东西。这里实在太冷，太安静了。他们顺着楼梯下去，边跺脚边往前走，转过弯，看到一大票人堵在医院门口，远远地听到有人说，出车祸了。他还在犹豫要不要凑上去的时候，父亲已经冲到了最前面。接着他看到一辆农用皮卡停在路当中，分开人群层层的包围圈，一头驴喘着粗气躺在地上，驴旁边是一辆翻倒的大车，大车上是收废品收来的纸盒子。收废品的人抚摸着自己的驴正在抽泣。车把驴撞死了。边上有人解说着。人没事吧？人没事儿。人们围着，不愿意散去。他看到父亲站在驴前面仔细地打量，他过去拉他，别看了，我们去吃饭吧。好，好。他父亲答应着。估计手术还得一会儿，他说。

他们顺着香山脚下一直走着，最后走到了一片像度假区的地方。这里有不少大饭店，但因为不是旅游季节，多数都没有开门，他们走完了一条街，又绕到另一条街，才找到几家开着门的小店。其中一间挂着四个大字"驴肉火烧"，他看看父亲，父亲看看他，两人一起走了进去。热腾腾的驴肉汤端上来的时候，他看到父亲的眼睛红红的。

吃了半晌，他开口说，我过得也不好。他看到父亲点点头。他又说，我觉得我妈不会有事儿的。他父亲低头喝着汤，又点点头。他说，我想了想，我不走了，我以后也不回上海了。等这个鸟，从我妈的脑袋里取出来，我们一家人哪里不能去？也算是鬼门关上走过一遭了。就算是在这里，在北京，在香山，咱也可以住下来。等我把上海的房子、工作退了，咱们在这边开个像这样的驴肉火烧店也行。我想这里的房租总还不至于贵。这里多偏啊，上海像这么偏的地方都很便宜了。我想这里应该更便宜了。你觉得怎么样，你觉得好不好？他父亲低着头，说，好。也不知道那个驴死了没有？他父亲又说。就在医院门口，肯定死不了，他说。可医院是治人的，驴得去兽医院吧？他父亲又问。他不知道该怎么回答。他父亲也不再问下去。那一瞬间，他觉得自己和父亲心灵相通——尽管少小离家，疏于交流，但在这一瞬间他突然觉得知道父亲在想什么。他觉得他们都想起了那只鸟，那只躲在他母亲脑袋里的鸟。那只鸟飞行在北山深处，红草沟的上空。红草沟的土地是红色的，母亲白皙的皮肤在傍晚的斜阳下闪着银光，那天下午她打麻将赢了二十二圈，笑容堆在她美丽的脸上，桑树下的牌局结束了，她趴在石台面上假寐，那只鸟，那只小而轻盈的飞禽，从天上盘旋而下，落进了她的左耳。那一定是母亲经历过的、不被理解的、最好的事情。他知道一定是这样，所以她才会那么执着地相信，还一再提起。

远大前程

在我十五六岁的时候，有个三十几岁的远房亲戚跟我说："你现在不要太狂妄了，等你到了三十岁的时候一事无成，你就老实了。"

这个远房亲戚后来喝醉酒骑摩托，在国道上被一辆卡车撞了一下，从此变成了一个反应迟钝的傻瓜。

我结婚的时候他来了，面带微笑，拿着厚厚的礼金，一把拉住了我妈的手，只能缓缓说话。但乱哄哄的酒席现场来不及等待一个残疾人表达内心。我妈只好打断，反复和他说："孩子，我都明白。"他眼圈发红，用另一只手按住我的肩："长大了！"

他乃是我妈的表侄，靠着拆迁有了一些钱。后来我知道他送来了上万礼金。

"他还是不傻啊。"我妈说，"他从小就是最聪明的一个。"

"嗯，怎么就被车撞了呢？"我问。

"不知道。夜里国道上没路灯，不知道怎么被卡车给挂了一下。后来有人经过看到他躺在路边，摩托已经稀巴烂了。"

"听说是酒驾？"

"他喝了一点。当晚医院就给我们打电话，赶过去看他，脸已经摔烂了。他老婆都哭昏了。当时觉得他活不了了，没想到后来又救过来。人啊，生命力真顽强。"

"那个肇事车呢？"

"找到了，赔了一些钱。可机会也是毁掉了。"

"恢复好了不能再去吗？"

"脑子受影响，课都教不了，那就不提了。"

他乃是一个教师，在乡镇里教书多年。在自己坚持不懈的努力和亲属多方打点之后，终于在中年得到了一个调回县城的机会。但这机会需要他去省城接受一个短期的培训。去培训的前一晚，他遭遇了这个事故。

他的脸上留下了一条可能以后都不会消去的疤。婚宴到后来，他喝多了，终于争取到发言的机会，他缓慢地结巴，翻来覆去，表达了如下几个意思。

"我表姑是世界上最好的人，这次我表弟办婚事，我包了个大红包，我觉得我做得对。"

"我近来深入研究福利彩票，已经快要中五百万大奖，中了以后，一百万给表姑，给表弟在上海买房，四百万汇给伊朗，鼓励伊朗继续反对美国。"

"多年来我最大的心愿就是表弟赶快结婚，现在他结婚了，表姑安心，我也安心。"

"表弟你快点生孩子，快点生孩子。"

他一边说，一边拍我的肩，并伸手抚摸新娘子的头。他激动极了，新娘的头饰也被他扯歪。他脸上的疤痕与时间撕裂者般的语速，让大家都陷入了尴尬和紧张。

后来他跟我拥抱。我看他转身离开，觉得有点疏远，又不知该如何亲近。

他本是我姻亲里少有的文化人。我妈是出身县城南关的回民。在我们那儿，回民都是做小生意的，宰牛，宰羊，开烧饼摊和面条铺，经营饭馆或旅店。见世面多一些的老表，也无非是从其他民族地区贩了干货回来卖，在我们那里，已算得上"走南闯北"。这里是豫西南山区，大山造成了显著的隔绝效应。成年后，我每一次回来，都有时光倒流的感觉。

他，我的远房表哥，从小聪明，读书不错，初中的时候还被一个书法家收为弟子，写得一手好字。师范读完回家做教师。后来他挣扎于从乡镇回县城的渴望。在我读书的时候，他经常来访，托我父母打探询问消息，谋求转职可能。他从未空手上门，总会拎一点礼物。不是乡下亲戚上门常送的米、面，而是花了心思的一些：猕猴桃，山茱萸，新近流行的饮料，或是其他紧俏山货。

我妈总是训斥，推托，令他必须拿走。有时甚至说出"再这么见外就不要上门"的狠话，可他并未听进。我总是难以理解这种来回里包含的玄机，只是看到我妈不断地想法回礼，哀叹"他怎么这么困难"。

他总是穿一件旧而宽大的西装，下面是一条颜色并不匹配的西裤。每回进门，都会紧张询问："这么干净，要不要脱鞋？"他偶尔会和我说话，但我直觉与他有深深的隔膜，并且有些怕他。我知道他是老师，但不知他和我学校里的那些有什么不同。

我母亲禁止我喝那些他送来的饮料，因为"这些我还是得想办法回给他"。多年来，我一直听父母在讨论"怎么才能把海涛调回来"。

再后来，他开始带着一个女孩子一起来。她看起来很面嫩，个头和他差不多。我不知道她叫什么，我听我妈叫她"琴"。琴是海涛的女朋友，很快就变成了老婆。

他第一次调动在结婚后不久。但这次调动未竟全功，只是把他调到了离县城近一点的乡镇。不过总归好过遥远的北山。

在他新工作的学校附近，有我们家族里的一套空房。这房乃是90年代我祖父生病时，由在外省工作的伯父出钱购入，乃是为了方便照顾病人。后来祖父过世，这套房子便空置下来。似乎是顺理成章的，便给了海涛夫妇居住，且并未讨论过房租事宜。

那时起，他与我家的关系变得更为亲近，走动也渐渐变得更多。再后来，县城发展，路修到乡里，他进城也越发方便。那是我高中时节，中午放学回来，常常能在客厅里听到他爽朗而嘹亮的声音。

"姑，我走了，下个星期我再来看你。"

"好，我给琴做的那几件衣服你给她试试，不合身拿回来我再改。"

"好，好！"

那时，他面对人高马大的我，总是匆匆而过。我会单调地跟他打招呼，露出微笑。但总有一种奇怪的气氛在我们之间。

在我出门读大学的时候，总是能断断续续从电话里知道他的近况。我妈表示："你要跟他打打电话，以后都是独生子女，这些兄弟，都是亲兄弟了。"

我则报之以"不知说什么好，年龄毕竟差得有点大"。

在2000年刚出头的时候，他借走我家的房产证做抵押贷款，买了一辆土方车，决定去做工程。

"那他不当老师了？"

"托人找关系，办了个停薪留职。"

"为什么要干这个啊？"

"他没钱啊，想挣钱。建三峡要拉土方，他要去湖北了。"

"他用咱家房权证没有问题？"

"放在那里反正也没有用。"

怂恿他干这个的，乃是同一个大队的回民街坊。那是个人精，早年开旅社，后来跑贸易，在鹳河路上开着一个土产门市。"南关很多人都发财了。"我妈在电话里转述着，透过电话线，我几乎能闻到人民币的味道。

海涛本是给家族"改门风"的一个典型。过去时常在南关听到人们议论他"起码不宰羊了"，在南关的价值观里，这就是成功，"比他老子强"。可是不，时代变了，他还是要一头扎进火热的商业世界。也许血液中始终有这种因子在跳动——总是难免的吧，我整个姻亲家族的年轻人，其终极理想，无不围绕着"开一间自己的店"展开，但这种追求own business的情怀在当时并不时髦，只不过彰显了对未来的悲观。

他雇了一个司机，开着一辆大车，从宛西出发，经由邓县、襄阳，直下宜昌。一个常年教授中学语文，业余喜欢打乒乓球、练书法写大字的山区回民青年，怀着改变命运的梦想，舍下自己刚结婚没几年的老婆，跟着一个骗子，要从事自己从未了解过的挖土方工作。谁都能看出这只会是个悲剧故事的开头，但当时没有人能说服他。要是他一旦成功了呢？整个家族，没有人不需要这样一个奇迹，这样一笔钱。他也表现出了足够的毅力和决心，他学会了驾驶这辆大车，他将和他请来的司机换着开，这将有效地降低成本。也许真的可以赚到钱？这是个伟大的时代，一个山区百姓，一辈子也碰不上几次三峡这样的大事，要抓住机会啊。

后来的经历主要来自他点滴的反馈与我母亲的转述。他到三峡后就和那个街坊分开，他需要自己去面对这个完全陌生的复杂世界，要面对听不懂的湖北话，略微能猜到意思的陕西话和四川话。由于穆斯林的身份，他吃饭也成了个不大不小的问题——后来他的胃也因此坏掉了。

各地老百姓都欺生。一个河南人，在这个以周边省份工人为主的工地上非常不受待见。"听说你们都是骗子？"不断有人略带讥嘲地这样问他，欺负他是个戴着眼镜的、奇怪的书呆子。

他开始觉得自己错了，但又不得不坚持下来。他一个星期给我妈打一次电话，说赚不到钱的事情。

其实事情根本就没有上正轨。一起拉土方，但没有人给他钱。他只能空跑。他混在里面，等着奇迹出现。他还在支付司机的工资，他的本钱一点点在变少。驾驶的环境也是前所未见的，他低估了蜀道的难，他以为自己在伏牛山区的少量山路经验可以应对，但其实根本不行，他自己完全没有办法驾驶，只能完全仰赖那个请来的司机。

我没有坐汽车去过四川，我不知道那种公路会可怕到什么状况，但我知道伏牛山——这个秦岭在河南境内的延伸段，其路况是多么地可怕，那种一个接着一个的360度急弯，突然出现的对开车辆，常常会把坐车的人吓出一身冷汗。而整个童年，最可怕的惨剧故事，往往都来自于那些跌落深渊的长途客车。

后来，在快到一年的时候，在他绝望的边缘，一个机会出现了。一个陕西人站了出来，因为海涛努力和他交好，而他终于决定可怜这个不合时宜的河南小伙子。陕西人表示他认识收土方的会计，承诺在接下来会去打招呼，支付费用给他——还有可能把之前的钱也都算上。他在第一时间给我母亲打来电话，传达这个喜讯。

但接下来不到一天时间，他打来了第二个电话，并在电话里号啕大哭。

在拉完一天的土方之后，他在卸货处等待那个陕西人出现，但一直没有等到那个人的车，他绝望之余，心中升起不祥的预感，开始原路返回，并细细打听，最终在一个悬崖前看到了那辆跌下去的，挂陕牌的大车。他说那一刻他浑身发软，跪倒崖前。他说那一刻天色已经向晚，山风呼啸，路上不再有活物，除了他也没人理会那个跌入深渊的陌生人，甚至人们都不知道这里刚刚毁灭了几条生命。他崩溃了。

我妈在电话里跟他说："回来吧。"

他没有休息，辞掉司机，连夜开回家。他卖掉土方车，但也没有办法还银行贷款。他回学校继续教课，没多久，琴生下一个儿子。而那个介绍他去三峡的骗子从那以后居然彻底消失，再没有出现。

"我现在看出来，觉得他有个很大的问题。"我母亲后来在电话里说。
"什么问题？"
"他不实在，看不起小钱。"
"是吗？"
"南关这些人，哪个不是从小钱挣出来的？都是要饭的小生意，一碗碗烩面、一个个烧饼攒出来的。他等不及，非要挣大钱。"

"好像运气也不大好……"我微弱地想帮他辩护。

"谁运气好？运气好就不托生在我们家了。祖祖辈辈都是做小生意的，他非要弄个大的。宰羊他看不上，教师他看不上，开餐馆他也嫌不挣钱。后来他回来，我帮他一起盘他去湖北这一年的账，发现他真的是大手大脚……"

"你又不在现场，你也不要说他……"

"我当面哪里敢说他，我就电话里和你说说，他那个表情，我啥都不敢说，琴找我哭了多少次了……"

教师的工资对于他巨大的负债来说过于微薄，他没有放弃过做生意的想法。他大约是自己默默地藏了一些余钱在身上，不和别人打招呼，开始自己盘算着挖矿，投资餐馆，甚或是赌博。县城太小，这些举动都无一例外地被亲属们发现，招致无数次的纠纷，而他始终也没有挣到什么大钱。

等我工作后，他跟我来电话，问我借一些钱，每次数目都在两千到五千，并叮嘱我不要告诉我母亲，我也都依约瞒下。但他再也没有归还。我回想起那个站在我家门厅里穿着旧西装的年轻人，也没有去要。

多年来，我母亲总在每个周六跟我通电话，有一天工作日里，我突然看到她发来信息："儿子，能通话吗？"

又是他。

"他要自杀。"

"为什么？"

"你听我说，一开始都不知道为什么。起因是他儿子入学需要钱，琴问他要，他说他的钱借给队里的某某某了。琴说那明天早上我陪你去要。"

"嗯。"

"早上走到半路，他就要往河里跳。"

"也不要把他逼得太狠……你借他一点？"

"我心里能没数？借多少了！你爸都不知道！但房产证都还在他那里，还能怎么借？"

"后来劝回来了？"

"还没完。后来我找他聊天，想问问他怎么了，顺着河边走，我还没问什么呢，他又要跳。我急了，就逼问他，问他到底怎么了。你猜怎么着？"

"怎么了？"

"他突然没有性功能了。也不知道怎么回事，突然就没有了，他突然不跟琴过夫妻生活，琴也不敢问，他自己又不说。"

"去医院检查啊……"

"他自己偷偷去查了很多次，没有查出来，只能说是心理原因。然后他就想死了算了。我就劝他，说你那个孩子才多大，没爹了多可怜。"

"那到底是怎么回事？"

"已经查出来了，才给你打电话说的。前面送到郑州

031

查的，专家会诊，最后在他脑垂体里查出来一个瘤，已经开刀割掉了，好了。"

"怎么会长了这么一个东西啊？"

"不知道，我估计还是他在三峡那一年落下了什么病根，把身体累坏了。"

"唉。"

"我就跟你说说，你也不能让他知道你知道了。"

"我懂了。"

我依旧瞒着母亲我借钱给他的事情。

然后就是他终于转运了——也不知道算不算转运。他父母过世后，留在县城的老房子因为建设钢厂要拆迁，老门老户的大宅院，拆迁一下子补了很多钱。他还上了贷款，也还掉了我家的钱和房产证。大家都为他高兴。谁也不会一直倒霉的，一定是这样。

可谁能料到车祸呢？也许他已经安于乡村教师的生活了，可命运决定再给他一个机会，附赠玩笑。

他已经四十多岁了，可他真的称得上一事无成——我也三十多岁了，已经没有了十五六岁时的轻狂，我知道他是第一个跟我说实在话的人。我半吊子一样在外地混，只能说没有太糟，多年来，我时时因他那句话而警醒，警醒自己不要到了该收获的时候却两手空空。

"人啊，还是要踏踏实实……"

"我觉得他也不能算不踏实。"

"这辈子就这样了。"

"嗯。"

婚宴上琴和他的孩子都没来，说是去山里娘家了。听说他儿子跟他不亲。

"男人年轻的时候都不在意儿子。"

"是吗？"

"是啊，上了年纪才知道儿子重要。但建立感情就有点晚。他那时一直不着家，瞎折腾。"

婚礼之后就再没有联系。我妈来的电话也不再多提他。他终于不再是一个有故事的人了。我想他终于过上了应有的生活。

现在又是很多年过去，我离婚又结婚，各种事情也在我身上开始又结束。我没有能遵他的嘱生孩子，却似乎有一点点理解他。但依然没有搞明白人生是怎么回事。我总是想起他在我第一次婚礼上说的那些话，想起他激动、喝醉又残缺的脸，想起他那个我只看过照片的儿子，想不知道他要到多大的岁数才能理解自己的父亲，不知道他会有怎样的人生——又会为了改变这人生经历怎样的旅程。

但我想起来，在我更小的时候，他在我家客厅也拍过我的肩："你不要太压抑了。"他一边跟我父母道别，一边挺起自己的胸膛："男人，要无所畏惧。"

直到大地深处

　　刚买这个房子的时候，我的老婆还只是女朋友。买好之后我电话告诉她，她隔空跟我发了脾气，我满怀的开心变成了委屈和怨恨。要知道，我早上五点就起床了，从浦东赶到这个什么鬼古北湾大酒店，和一帮大爷大妈抢房子，排队排了三个小时。她呢？她什么也没有做，只管在家呼呼大睡。排队时我前面只有一个人，我排在第二位。我早早瞄好了18号楼的302室，觉得自己一定可以摘到。但我没有料到当时的情况会变得如此没有秩序，当销售拉开护栏的时候，所有人一哄而上，排我前面的大爷想要的502室被别人摘走，他情急之下，居然摘了我的302，我完全来不及斥责他，这是房子又不是白菜，可以这么随意吗？我愣了三秒，在不知如何是好的情况下，摘了102的牌。这个楼盘的开发商全国知名，只要是他们的房子，一开盘就能售罄，我自我安慰，能买到不错了，一楼有一楼的好，甚至外面还有一个小小的花园，而价格和原本的三楼也差不太多。我在做好这些心理建设之后，才给女朋友去的电话。啊，我买到了，但是302被人买走了，我只好买了102……女朋友在电话里愤怒地打断了我，那你就不要买了啊，为什么还要买？我不要住在一楼，说好的三楼呢？我向来不会应对这样的言辞，只好支吾着解释，不是的，不是这样的，当时的情况太乱了，而且一楼也差点被抢走，我觉得能买到就不错了，毕竟是HS公司的房子嘛……但她完全不听解释，喋喋不休，认为我就应该当场放弃，或者肯定是呆头呆脑抢不过别人。我没法说下去，很快就挂了电话。我伤心坏了。我没有说出的部分是，别人都是一家几口过来抢的，你也不来帮个忙，却只管提意见。虽然是女朋友，但我们看起来已经快结婚了，我们住在一起，买房子的决定也是共同做出的，到了这个关键的日子，她却睡懒觉不肯起床。

302室从那天起就变成了我们心里的一根刺。我们没有买到的，高度刚刚好的302室。房子是现房，买好了就要装修。但装修期间女朋友还是不大出现，不想操心。结果都是我一个人在张罗，而她不知道怎么想的，出乎意料地也没有提出要加名字的事儿。那次吵过架以后，我们的关系变得疏远了些，但我们也都没有谈过是不是要分手。HS小区16-18号这一排楼房是一起开盘的，业主大多是和我一样的小年轻，我们开始装修的时间也差不多，我站在自己的小院子里抬起头，就能看到302的阳台，也能看到他也已经启动了装修。啊，令人憧憬的302！但令我意外的是，102的房型不错，交房那天我仔细对比了，发现一楼的面积比所有楼层都要大，并且有一个他们都没有的院子，图纸上看院子不大，实地考察就知道它完全够用，甚至还有些奢侈，甚至能辟个菜园子也说不定——我还是太土，按我女朋友的想法，她一定是要种花的。装修队入场那天，我房前屋后跟着转悠，待一切交代清楚，我站在厨房间发愣。过了好一会儿，装修队老板在院子里叫我，他姓严，据说一期的房子很多都是他装的，他有点结巴，但一口安徽话很有特色，隔再远也能一下子就听出是他。我到院子里的时候，他指着一个坑跟我说，先生，你、你的院子角上有个洞、洞，底下是空、空的。我愣住了，说，填起来啊，这个有安全隐患吗？我要不要去找开发商？他说，不用，跟地基没、没关系，这里以前是农田，可能是什么动物打、打的洞，我们看了一下，还挺深、深啊，你要是愿意，我们可以帮你做成一个地下储藏室。我说，这能行吗？他说，能行能行，我们帮你做吧。我问，那别家有这么做的吗？他说，没有，我做了这么多家，没有人做过，但是他们也没有你这个机、机会啊，我是觉得这个洞填起来太可惜，不知道是什么动物打的，打、打得还挺像样子。

和小严说话太累，我确认了以后就赶快离开了，但觉得这个洞挺好玩的，就又电话了女朋友告诉她，说，我们一楼的院子里有一个地洞呢，可以做成一个储藏室，比302

好多了。女朋友在电话里说，噢，那有什么稀奇的，302采光肯定比我们好。我不知道该说什么，只好又把电话挂了。

　　严氏装修队的水平还挺不错，中途几次过去，都看到他细致地在地下储藏室帮我做防水，最后交房验收的时候，我还叫了个监理来挑毛病，竟什么都没挑出来，可以说是毫不含糊的金牌交付质量。至于那个洞，现在变成了院子角上的一个带锁的盖子，盖子打开，可以顺着楼梯走下去，下面接了电源，有灯泡插座，有通风和排水，是个四四方方的小空间，大约有十平方米，就是层高低了点，只有两米，但我已经很满意。女朋友还是跟我一起从出租屋搬进了新房子，她虽然挑剔，但看着装修好的房子，居然不再有什么微词，本来就是嘛，多好的房子啊，谁看了心里不喜欢？她果然一来就站在院子里说要种花，兴高采烈的。我赔着笑，满口答应下来。但是女朋友不喜欢这个地下室，她觉得空气不好，压抑，如果没有记错的话，她就在搬家的时候进来看了一眼，之后就再也不肯下来了，于是这里就成了我的专属空间。我在这里放了折叠椅、落地灯，椅子上摆了个靠垫，家里的桌子放不进来，我又买了个小圆台面架在一个高凳上当桌子，我幻想夏天的时候可以把台面收起来，挨墙铺一个席子，席地而卧。对了，我还弄了个小吸尘器放在这里，没事儿了就打扫卫生，把这里收拾得一尘不染。剩下的空间里堆了一些家里用不上的杂物：旧电扇、旧书、朋友们过节送来的礼物之类的，虽然有点挤，但我得说，比起自己本来的房子，我更喜欢这个地下室。我是从小地方来上海的，买这个房子更像是一种家庭的投资，所以它对我本身的需求而言还是太大了，即使加了我女朋友进来也还是大，我总觉得这套房子太空旷，坐在里面心神不宁，而这种心神不宁的感觉在我进入地下室的时候就会消失，因此只要一有机会我就搬着笔记本电脑下来了。我喜欢在地下室待着的另一个原因就是女朋友从不进来。搬进新家之后不久我们就遵双方父母的嘱托去领证结婚，那天起，她就正式成了我老婆。我老婆热衷于入侵我所在的任何一个空间，本来两室一厅的房子挺大，我想找个独处的地方也挺容易的，但我老婆不这么想，她开始把自己的东西塞得到处都是，我收拾衣服的时候能从我的袖筒里翻出她的袜子，我找书的时候能从书架里带出她的头绳、发夹，我的笔记本电脑背面总会多出莫名其妙的贴纸，我坐在小房间里安安静静看书的时候她会每隔五分钟唉声叹气地从我面前经过一次，我歪在沙发上睡着醒来会发现自己身上放着一个小熊或者娃娃……我老婆只要在，这种奇奇怪怪的事情就会无休无止地发生，让我无法专注在自己该做的事情上，每当这种时候，我就会推开院子的玻璃门，从墙角的入口下到地下室去。说来也奇怪，只要我进了地下室，我老婆就再也不过来了，其实我觉得地下室挺好的，有时候心情好，我甚至邀请她下来坐坐，但是她怎么也不肯，她说，我和你不一样，我才不去那个讨厌的地方。于是她就坐在客厅看电视，过去她看电视，我在次卧里，她就总是会来敲我的门，但是我进了地下室的话，她就不敲了。总算在家里有这么一块地方可以单独待着，让我从锣鼓喧天的生活里喘口气，我觉得开心极了。

住在新房子里的第二个冬天，我老婆在厨房间做饭的时候惊叫了一声，我从客厅起身过去看，她说，墙上有一只壁虎。我看了看，并没有看到，于是责备道，哪里有啦，你小声一点，吓死我了。她生气了，说，我说有就是有啊，你凶什么凶？我说，我没有凶，再说冬天怎么会有壁虎呢？你有没有科学常识？她说，可是刚才就是有一只壁虎从这里爬过去了啊。我说，好吧。她说，你不相信我。我不说话。她又说，我就知道你不相信我。然后她沉默着，黑着脸开始翻箱倒柜，企图把这个壁虎找出来。可我们的厨房间，称得上家徒四壁，有限的空间被几个橱柜紧紧封死，别的地方全是白色瓷砖，如果有壁虎，早就一览无遗。我不知道该说什么好，只好又走回客厅。老婆跟出来，继续嚷嚷着说我不相信她，我只好扭过头继续和她争吵。吵的内容从壁虎到感情，又从感情到壁虎，完全没有新意，吵到后面我觉得累，就自己躲进了地下室。房子的隔音一般，没隔多久，我就听到老婆开始哭着在家里收拾自己的东西。洗手间的门被她拉开，然后是卧室的大衣柜，最后是门口的鞋柜，大约半小时左右，我听到门砰一声关上。她走了。我松了一口气，又过了一会儿，才从地下室里回到房间。这时我听到厨房间的烟洞里发出一些异响，不知道是什么，但可以确认不是壁虎，这个季节是不会有壁虎的，并且壁虎也发不出这么大的声音。我坐在厨房门口的餐桌前，望着烟洞出神。那天晚上，我觉得自己暂时没办法睡在和老婆每天一起睡的床上，只好抱着一床厚褥子和垫胎睡在了地下室的地上。这一睡不打紧，我发现这里比卧室舒服多了。虽然有点冷，但我睡得是莫名其妙地好，那天是个礼拜五，我一觉睡到了礼拜六中午十二点多。要知道，之前和老婆一起睡，我老是在半夜紧张地惊醒，并且一醒就睡不着了，常常就瞪着眼直到天亮，天一亮，我刚有些困，我老婆又要起床上班，她在家里叮铃咣啷地收拾，还要嫌我懒，不起床上班，我就难过得无以复加。

老婆走了之后，就再也没有回来。我们算是为了一只不存在的壁虎离婚了，我们恋爱谈了五年，结婚两年，为这样一个理由分了，怎么也说不过去。我和我们共同的朋友说起这件事，他们都露出了惊讶的神情，他们反复追问我后来有没有见过那只壁虎，以及我究竟是怎么把老婆惹恼的，但他们听我说完之后，都不知道该怎么回复我才好。我后来回想了一下，我得说我的前妻，她是一个非常奇怪的人，她不止能在厨房看到壁虎，之前她还看到过猫头鹰、菜花蛇、大面积的顶棚漏水……但这些东西，其实都是子虚乌有。而且我怎么说她也不愿意到我的地下室里来玩，尽管她知道我有间地下室，并且刚来的时候还下来过一次。她不肯听我的，却只会弄一些壁虎菜花蛇这样的事情出来，我知道她是想引起我的注意，可这样对我是没有用的，在我的身上放小熊和娃娃，在我的电脑上贴可爱的贴纸，或者骗我说光洁明亮的厨房里有一只壁虎一条蛇……这都是些没用的小把戏。"你们男人也真的是难搞。"听我说这些的朋友也露出迷惘的表情。她是我老婆的闺密，本来是想来调和我们的，现在她打算放弃了。送走了她之后，再也没有别的朋友愿意来掺和我们这点事情，我和前妻就算是彻底玩儿完了。

短时间里，我没有再找女人的打算，我觉得一个人待着挺好。但是一个人待在这么大的房子里有点傻，于是我叫来小严，让他帮我把地下室扩扩大，小严答应了，他研究之后表示可以花一个月时间，把我的小院子底下全部挖空，都开辟成地下室。这么一来工程比较大，我得去物业报备，物业来勘察了一次，勉强答应，但那个穿制服的小伙子告诫我不要声张，说我们这个小区远离市区，所以这么搞还不会被市政部门查封，但是如果有邻居举报就危险了，他们也保不了我。在上海这样潮湿的地方，地下室最大的问题就是防水，我买了最好的防水材料给小严，由他亲自给我施工。由于天气好，工程进展得很快，竟比之前快了一个礼拜，在阳历新年之前，我就顺利搬进了地下室。地下室现在估摸着有近二十个平方了，我在宜家买了不少组装的小家具进来，这里妥妥善善地变成了一套单人间，小严把水管也走了进来，还装了淋浴房，我在这里可以洗澡，烧开水，因而回主屋的机会就更少了——除了上厕所。一个人的生活并不寂寞，反而多了很多自由。我渐渐觉得自我得以伸展，每天都活在一种淡淡萦绕的快活之中。我上班的地方在市区，回家总要从始发站搭一路直达小区门口的公交车，我们小区是这路公交车的底站。到底站之前，车里剩下的基本都是小区的邻居。有天下班，我注意到有个胖子一直在车上打量我。我留神过这个胖子，他经常出现，是从离小区不远的半路上来的，每次下车都跟在我身后。那是春末的时候，白昼开始变长，下车的时候天还没有黑透，他跟在我后面，我也留心观察他，结果发现他是我隔壁17号102的邻居。果然，我转身的时候，他终于忍不住和我打招呼了，他快步走上前来，我警惕地看着他，他一开口，满嘴北方话，哥们儿，你是18号102吧？我说是啊。心想，上海人叫你，都喊朋友的，没人叫哥们儿，这人肯定跟我一样是外来的。他说，我是你隔壁，我问你个事儿。我说好。他说，你是不是挖了个地下室？我惊恐地望着他，想了想，说，你有什么事儿吗？他说，嗨，你别担心，我也想弄一个，我感觉你弄得还挺好，想咨询一下你。噢，原来是这样，不是要举报我，我就放心了。我点点头，把他请进了家门。胖子很客气地脱了鞋，我也没给他拖鞋，他穿着个白袜子，在我的地板上走，脚汗在地板上留下了一串印子，像狗。接着他成了我前妻之外第一个进来地下室的人，他细心地看着我的布置，不断发出感叹，哎哟，真不错啊，等于一下子多了一个房间出来，太好了太好了，我一定也要挖一个，你这花了多少钱啊？我说，光挖没有多少钱，装修的时候弄的，就给工人加了些工钱，另外就是防水比较花钱，总的我也没算过，不到一万吧，大概，你重新弄的话会贵一些，但应该不会贵太多。他点点头，仍没有离开的意思。我接着说，你要弄的话，我把装修队电话给你。后来他拿着小严电话千恩万谢地客气着出去了。没多久，果然我就看到小严又在附近出现，还笑嘻嘻地结巴着跟我打招呼。而胖子，他后来又来了一次，给我送了他老婆烤的饼干作为答谢，他告诉我他是东航的飞行员，时忙时闲，忙的时候天天在天上飞，闲的时候天天窝在家里。他毕业于北航，从小在北方长大，北方有很多防空洞改建的地下室，所以他对地下室心心念念的，一直想弄一个。他说着，我听着，但并不搭话，过了一会儿他觉得没劲自己走了。胖子从这次起，展露出了想和我做朋友的意思，每次在公交车上，路上，都来和我搭话，有时甚至敲门邀请我去他家打游戏，我懒洋洋地应付着，但没有主动找过他。

就这么过了差不多半年的样子，一个周末，我在小区里散步，突然发现我这一排房子，16—18号的每个一楼，包括我对门的101，都挖了地下室，接工程的肯定是小严，因为这几家地下室入口处的那个盖子都一模一样，这让我一下子站在路边笑了起来。也是巧了，听见我笑，胖子突然从院子里直起身来，原来他刚才一直低着头在摆弄一根水管。他说，嘿，哥们儿，笑啥呢？我说，这几个地下室，全是你介绍小严给他们挖的？他笑，说，哈哈是的，他们都是看到咱俩挖了，跟风儿呗。我说，你们可真够呛，要是被人举报了，我们一起全得给填了。他说，不会，如果只有咱俩挖地下室，反而讨厌，现在每个一楼都有了，就法不责众了。我不说话。他说，我有个想法。我说，什么想法啊。他说，咱们一起把地下室连起来吧？就咱们几家，商量一下，开个门儿，互相可以直接串门儿。我说，啊，为什么啊？他说，你是一个人吧，没媳妇儿。我说，是的。他说，我媳妇儿从来不下来，嫌潮，我本来想弄个影音室，让她一起来看片儿，结果她腿有风湿，下来了腿疼，看了一次就不看了，我寻思着你们可以到我这里来玩儿。我想了想，不知道为什么，大概是当天心情好，就答应了。我也是忽略了胖子的动员能力和嘴皮子，我从不知道，一个飞行员的嘴皮子可以这么厉害，他竟然串联了16—18号连我在内六家一楼住户，说服我们全部把地下室打通，并规划了各家地下室的用途。六户人家全部都是男人出面的，我们一起在胖子的影音室碰了个面。16101买了个麻将桌，16102买了个桌上足球台，17101买了个乒乓球台，17102也就是胖子家仍旧做影音室，不过胖子去买了个PS3，还可以打游戏。而我，为了交这几个朋友，就把杂物都清走，买了书架，沙发床，把我的藏书都搬了下来，弄成了一个阅览室的样子。18101，也就是我的对门，是一个我从来都没有见过的中年男子，要不是胖子，我甚至都意识不到他住在我对面，他是上海人，一副很讲究的样子，花了不少钱和工夫把地下室弄成了威士忌&雪茄吧。只要是我们六个人过去，所有的酒和雪茄都免费。每个房间之间的门都是通的，我们一般不锁，我们建了个QQ群，在里面约着什么时候去哪边玩之类的。渐渐，六个人混熟了，我了解到，16101、16102，还有我对门的18101

都是一个人住的。16101是个运动服装品牌的采购，工厂就在我们小区附近，所以买在了这里。16102还在读大学，他是本地镇上的土著，HS的楼房一开盘，他的父母就给他买了一套，是让他以后结婚用的，所以他这套房有时父母也会来住一住，给他带饭，帮他打扫卫生，他父母的老房子就在不远处的镇上，他去那边的时候也挺多，最后他就把家里的大门钥匙留给了胖子。胖子是我们这伙人的联络员，全是靠着他掺和起来的。17101是一对矮墩墩圆乎乎的中年夫妇，他们的乒乓球台是早早就自己买好的，设想正好两个人一起打——现在变成了我们一帮男的光着膀子挥汗如雨的地方，要说中国人乒乓球水平好真是有道理的，我们随便六个人，个个都是乒乓球好手。他们是附近大学的老师，都是博士。胖子的老婆不上班，自己做一些票务生意，她看着比胖子还胖，也不大和我们多说，但后来我们每个人出差，都从她这里弄到过便宜机票。18101的大叔开始很神秘，后来我们发现他是个资深股民，不上班——按他自己的说法是在陆家嘴有个不大去的办公室，但很显然，他是我们之中最有钱的一个。虽然各个地下室的职能都弄清楚了，但是我们能凑齐的时候不多，都是晚上下班我找胖子打个实况，或者一起在大叔那里喝喝酒。人最齐的周日下午，我们一般在麻将室里赌钱，落空的俩人在边上玩桌面足球，靠着输钱的多少轮换。聚会了有三四个月的时候，16102的小伙子从学校带了俩女同学来，其中一个是他喜欢的，但另一个也挺漂亮，女生们都文质彬彬的，于是我们指引她们去我那边看书。她们被我们的地下工程震撼了，"像防空洞一样"，其中一个姑娘说，我笑而不语。留下她们俩在我的阅览室看书以后，我回去接着打麻将，打着打着大家把她俩都忘记了，两个多小时以后，我回去找她们，发现她们从地下室进到了我的房间里，我稍有点不开心，觉得她们自说自话了，但看到她俩在我客厅的沙发上坐得好好的看电视，心肠就又软了下来。其中一个女生一看到我就开口说，先生，你这个房子只有你一个人住吗？肯不肯出租给我们？我有些犹豫，啊，那怕是不方便吧？她看着我说，我们就是边上大学的学生，也是齐佳的同学，要考研了，想租出来有个复习的地方，我看你好像是住在这个地下室里，上面都有点落灰了，我们俩就租一间，好不好？还可以帮你打扫卫生。我说，让我考虑一下吧，我们下去吧，大家都在等我们了。那天晚上，是16102的齐佳做东，叫了外卖在他家，我们一帮男人和俩少女一起吃饭。齐佳看上的是其中一个叫郭蔚的姑娘，出面和我谈租房的就是她，那个不大说话的、眨着大眼睛、留齐刘海的是她同学，叫李晓丹。郭蔚在饭桌上又提起了想租我房子的事情，齐佳听了就对我说，老赵啊，本想让她们俩住我这里的，但是我父母有时候常来，就不是很方便。然后我对面张哥老是出差，那房子像狗窝一样俩姑娘看了不满意。你那里方便吗？我估计她俩也就住个一年了不起了。我看看16101的张伟，他喝了点酒，脸通红通红的，看到我看他，就说，我那里不方便，真的不方便，我要带姑娘回来的，哈哈哈哈。我心里有点恼，想，我就不像要带姑娘回来的人吗？但转念一想，这离婚快两年了，我确实一个姑娘也没往家领过，而且我确实天天睡在地下室。这个房子不隔音，他们肯定能猜出我的行踪，感觉确实完全没有不租的理由啊。于是我想了想，说，那就租给你们吧，把主卧给你们，次卧给我空着，但是要帮我打扫房间的。俩姑娘露出笑容跟我碰杯，说没问题。

　　家里要搬进两个漂亮姑娘，我觉得不是很方便，就想着要把自己可能用到的东西都弄进地下室，但我收拾了半天，才发现除了一些洗漱用品和杂物之外，屋子里竟也没有什么我的东西了，我叹了口气，只好像模像样地把次卧给锁了起来。没多久之后，俩姑娘都进来了，拎了俩大箱子，我帮着她们做了一些使用指引，看着她们从箱子里掏出电脑、衣服、书、娃娃……每个女生都有娃娃，我想起前妻的那些小熊，不知道说什么好，后来听着她们俩的对话越来越不见外，忙掉转头回到了地下室。她们住下来之后，很注意地不去打扰我，每天都蹑手蹑脚的，那时吧，郭蔚应该已经和齐佳在一起了，她经常去16102找齐佳，房间里常常就只有李晓丹一个人。她们住进来有一个月的时候，有天晚上下班后，我在地下室坐着玩电脑，外面李晓丹敲我顶上的盖子，老赵，你在吗？我能不能借本儿书？我打开盖子放她进来，她跟我点点头，就去架子上拿我过去读书时的教材《中国古代史》，说，我的忘在学校了。我看看她，就说，记得一定要还给我。她说，好。之后就转身上去了。后来又过了几天她来还书，这次郭蔚也在。我看着她们俩欲言又止，就问，你们俩是有什么事吗？

她们说，没事没事，就又上去了。她们俩不在的时候，我偶尔会经过客厅，主卧，看到她们确实在把我家变得更美好。就像我那间生机勃勃的地下室一样，房子是一定要人住的，这样才有生气。她们应该是每天都会吸尘，擦台面，还去附近的花鸟市场买了些盆栽。那个不太用的餐桌正中放着一个大花瓶，花瓶里的花，每周都会换新的。有时冰箱里还有她们买进来的水果、可乐和酸奶，这些东西，我并不吃，但打开来的时候，就会觉得温馨。我心里觉得，把房子租给她们俩，真的是租对了。两个考研的姑娘，在我这里就这么相安无事地住着，一年到头，竟又续了一年。第二年，郭蔚和齐佳居然分手了，但两个人还是朋友。郭蔚和李晓丹都考上了本专业的研究生，而且还是同学，三不五时，仍旧会加入我们的麻将局或者酒局。第二年的时候，我给她们俩涨了500块房租，她们居然也没有显得生气。两个小姑娘的人品得到了我的认可，交新房租的第二天，我就把自己根本用不上的次卧门打开，等于把整套房子彻底让给了她们俩。李晓丹从主卧进了次卧，算是有了自己单独的房间。

这些年来，如果不加班，每天下午六点，我都会在徐家汇坐那班直达HS小区门口的公交车，每天下午，我都在第六百货商店门口的那个公交站等着，这样的情况，雷打不动。应该是个礼拜三吧，我下班稍微晚了一点，站着等车的时候，突然一辆酒红色的日产小轿车停在了我身边，窗玻璃摇下来，居然是李晓丹在开。她叫道，老赵快上来，我顺路带你。我上了车，问她，怎么是你啊，你为什么会在这里？她说，嘿嘿，我偶然路过，离得老远，一眼就看到你了。我说，你买车了啊，她说，你不知道了吧，我一直有车的，我家在宝山呢，在闵行上学太远了，我爸把家里的车给我开了。我说，挺好。之后就不知道说什么好。李晓丹开了一点点电台，也没有说话。到家的一路上景物变换很大，中环以内，还有很多餐饮店杂货店，到了外环的时候，开始有工厂和重卡车出现，外环和郊环之间，则充斥着废弃的荒地，巨大而荒凉的汽配城，新建的突兀无比的，不知道能派什么用场的大楼——以我的愚见，无论什么公司开在这里，都是不会有人来上班的。到了郊环以外，路两边已只剩破旧的老居民区，偶尔出现的灰头土脸的小镇，以及成片成片的农田。偶尔加班到深夜，我也会打车经过这些区域看到这些景物，但今天，因为身边有李晓丹，竟觉得这些重复的景物有了几分亲切。快到小区门口的时候，李晓丹突然说，老赵啊，前面有片地方挺美的，我带你去看看吧，我感觉，你也不大出去转悠。我说，好。任由李晓丹开着车子掠过小区门口，继续朝前开。渐渐地，我们发现，这条路到了尽头。所谓尽头，是这条路的终点。这条在市区破破烂烂的路，在这里反而被特别修缮了，双黄线，斑马线，路牌，红绿灯，一应俱全，还都是崭新的。然而最终生生被农田截断，像个突兀的休止符。农田和路面之间种了密密匝匝的灌木，挡住了视野，然后路面上堆着落叶，菜叶，和一些不明质地的垃圾，当然，也有修路剩下的黄沙和水泥块——我看着车灯扫过这些东西，认真看着。由于路面很宽，且三公里以内已经没有车辆，这里形成了一片寂静的空场。李晓丹开着车，缓缓地在这空场停下，说，就是这里。我看看四周，四周一片静寂。我说，啊，这里好安静啊。李晓丹说，是的，每次累的时候，不开心的时候，我就自己开车，到这里来，停下来，这里离市区远，也不像市区那么亮，所以顶上透过天窗能看到星星。不过现在冬天了，田野里很安静，如果是夏天，外面的农田里还会有蛤蟆叫。我说，蛤蟆叫好听吗？李晓丹说，没什么好听的，但我听了觉得很开心。我说，在上海找一个这样的地方不容易。李晓丹愣了一下，笑着说，哈哈，老赵啊，在上海找一个你那样的地下室也不容易。我说，啊？什么意思？李晓丹说，老赵，我们早就想问你了，我和郭蔚，我们一直弄不清楚你是怎么回事儿，一开始我们觉得你有毛病的，但后来又发现不是，你人很好。我愕然望着李晓丹。她靠在主驾驶的靠背上，并不看我，只是轻轻继续说，你天天在地下室里待着，你一回来就待在里面，这么大的房子，你从来不用，我们第一次来你地下室看书，之后上去找洗手间，发现你的房间里面都落灰了，像没有住人一样，我们吓了一跳，后来租了房子进来，发现……怎么说，那种感觉太奇怪了，就像我们俩是这房子的主人，而你反而是我们的租客。我们就觉得你肯定是自闭，或者就是个怪叔叔，但是没有啊，你太正常了，除了住在地下室这一点之外……我不知道说什么好，想了想，说，你不觉得我的地下室装修得很不错吗？而且我只有在那里才能睡得好。李晓丹笑着说，哈哈，你隔壁那个开飞机的胖子也这么说，但他应该就是偶尔下去睡一睡，估计天上飞多了觉得在地上睡得比较踏实。他有老婆的，你以为他老婆肯让他天天下去睡地下室？我听着，不知道说什么好。李晓丹又说，其实也没啥，你自己待着舒服就好。我说，确实也没啥，我真的也就是觉得地下室待着舒服，而且地下室的生活比地上丰富啊。到地上的时候，要上班，要见人，地下室后来打通了以后，有吃有喝有玩有朋友，我真的是夫复何求。李晓丹笑着说，哎哟，那你要一辈子待在这个地下室里吗？我看看她，觉得这个小姑娘对于人世的道理确实似懂非懂，反而自以为很懂，为了不让她继续居高临下地评价我，我定定神，拿出长者的气势，认真地跟她说，人如果能够一辈子待在地下室里，那才是真正的幸福，而我所有的痛苦都在于，我每天都得从地下室里出来，看到你们，看到你们在这里走来走去，还要跟你们说话，还要去上班，你们想长期租我的房子，我没有问题，多久都行，毕竟你们是齐佳介绍的，他是我朋友，我可以租给你，但请你和你朋友对我客气一点，不要东想西想，对我的生活妄加揣测说三道四，我也是有身份有地位的人，我有我自己的想法，我也没有骚扰过你们。大家是房东和租客，井水不犯河水……李晓丹从座椅上扭过来，瞪大了眼睛，说，老赵，你说到哪里去了？我就是好奇而已。我不想再理她，开门下车，大声说，你要是想住，可以继续住，要是想搬走，随时可以搬走，我是不愁租给别人的！说完我转身朝着家的方向走去，这会儿四下里什么都没有，只有李晓丹的车亮着光，她还停在原地，没有跟上来。四下都是旷野，风大极了，但我挺开心，一跳一跳朝前走着，我走得很快，应该不出十分钟就能到家。地下室里，电暖气早上就没关，一定暖和极了，大叔的酒柜里有酒，胖子新买了PS4……嘿，这日子，有什么好说的呢？脑子坏掉的女大学生，爱去哪儿去哪儿，谁在乎啊？这里是上海，房子什么时候愁租？再说我什么时候那么想租啦？都是她们神经病要租的，我从来都对地面以上的世界毫无兴趣好吗？什么东西嘛，全部被洪水冲走也不怕！我心里快活极了，明明没有喝酒，竟有了一丝醉酒的感觉，我听到背后的远处，李晓丹踩响了引擎，但我没有回头，我觉得自己浑身都闪闪发亮，要真论起来的话，不用说，你们才都是假的，疯掉的，嘿，骗子们！我，只有我，才是真正的光，别想骗我，这种世界，有什么意思？我不会上来的，早就这么愉快地决定了。

半明半暗之间

1

他已经三十四岁，时时感到不论肉身还是生活，都在出现不可挽救的裂缝，这些年，每当秋风吹起，叶子摇摇欲坠，他走在路上听响儿，就觉得真到了该放弃一切的时候了。他知道裂缝会越来越大，风声会越来越响，他不信神但后来觉得应有一个上帝，他不知道上帝想拿他演奏些什么，他听着自己拼命地发出声音，吵闹，讥诮，苦笑，最后是悲凉的呜咽。不像一首歌，是什么不知道。再过几个月，不到阳历年，他就三十五了。中国最好最常青的足球运动员郑智今年三十七岁，大概已到了退役的前夕，普遍的意见是他赶不上下一届世界杯预选赛了。他在沙发上看郑智低垂的脑袋，说不出话来。这意味着留给他自己成为职业球员的可能和留给中国队的时间一样，都没有了。

是的，他曾想成为一个职业球员，一直都想，但他的足球水平一直很差，跟专业水平没法比，在业余里也只能算末流。他的人生中也没有出现过任何一丝可能成为职业球员的希望。他唯一做成的事情就是把这个失败坚持了很久。"你要是能进中国国家足球队，那中国足球才是真没希望了。"他记得大学时的语文老师这么说，"你还是好好读书吧……"老师咬着后槽牙咽下了后半句嘲讽。他看到年轻时的自己从讲台上跳下来，同学们发出一阵爆笑，教室里洋溢着快活的空气。

他每个礼拜去两次健身房，踢两场球。第一场球在周二晚上八点半，第二场球在周六晚上六点。周四晚上他去健身房做腿部力量训练，周六下午，踢球之前，他再做一次力量训练为晚上热身。周二晚上是5V5的小场，周六晚上是8V8的大场，相对小场他更喜欢大场一些。他在饮食上非常注意，肉类只吃牛肉、鸡胸、海鱼，健身房门口有个面包店，他在那里买全麦的面包。蔬菜是必不可少的，他只吃西兰花，他把它们整齐地码在铺了锡纸的烤盘上，烤熟之后像完成任务一样吃掉。这样的饮食不让他觉得枯燥，事实上"坚持做一件事直到彻底失败"对他而言并非什么难事儿，他也不以为苦，他明白自己真正缺少的是什么东西。他不聪明。

他想加入中国国家男子足球队这件事，在最一开始，在他自己看来，并不完全是一个笑话。起码人们不应该这样嘲笑一个十六岁的，身处山区，没有经过专业体育训练，满脑袋荷尔蒙的孩子。他每周一中午骑自行车到白羽路口的卓越书店买《体坛周报》《足球报》，以及中国足协办的《足球世界》。每天下午的课外活动都在满是土的操场上踢球，把膝盖摔得伤痕累累。他了解从80年代起的每一届国家队，为球队不能冲出亚洲而伤心不已。课间他摇头晃脑地和同学们说兵败五一九，黑色三分钟，用文具盒当惊堂木，像个壮志未酬的退休老干部。他被这件事儿弄昏了头，月考掉到班里倒数第三，每逢数学课就被勒令到最后一排站着听讲。晚自习，他满身运动后的臭汗，懊悔自己刚才有一个下底传中没有到位，班主任看着他坐在椅子上浑身滴水，像一块墩布，眼神里充满了愤怒和厌恶。这才刚上高一，他已经开始显出健壮，胡子天天要刮，腿毛密密麻麻，皮肤倒是没有晒黑，透出健康的红晕。初中时，令他头痛的体育课开始变得轻松，他个头超过了一米七，立定跳远成绩达到了两米三，百米开始能跑进十三秒，他打算下学期开学瞒着家里去市里考足球学校，并开始偷偷存路费和报名费。

他那时对职业足球的全部认识，来自于道听途说，那几份书刊以及央视转播的意甲联赛，他看到黄健翔比看到自己的体育老师还要亲切。他根本意识不到，即使他搭上高中三年的学业拼命训练，以他的半吊子水平和身体素质去搞职业体育，运气好了能靠着走关系变成一个体育老师，运气差了就是彻底的自我毁灭。他对这一切毫无认识，只是把梦想藏在心里，骄傲不已。"有一天我要拯救中国足球。""冲出亚洲走向世界。"他念着报上读来的陈词滥调，幻想自己穿上那身球衣，端着肩膀走进更衣室，手里牵着一个球童……然后中间发生了什么他没法想象，大概就是在场上连续过人，打进关键性的进球……也幸亏他不说出来，才没有招致更多的嘲笑。这些关于足球的雄心，和他其他那些雄心一样，就那么可笑的待在那儿，等待最终在多年后变成灰烬，化为泡影。但那时他还没有停止努力。

除了踢球，他还能写点东西。他唯一像样点的科目就是语文了。前面的选择题一般都是全对，阅读理解也难不住他，怎么写作文似乎也是无师自通，他能轻易地拿到高分。语文老师希望他能成为一个作家，说他的作文是学生里唯一有"个人风格"的，但其实他那时根本不懂什么叫"个人风格"。其他的课程，他就再没有这么好的运气。比如体育成绩，虽然提升了，但离身体素质最好的那些学生，还是有很大的差距——天知道他凭什么觉得自己可以做职业球员。语文老师每周二都在晚自习的时候给全班读他写的周记，他浑不在意，只在心里念李贺的诗："男儿何不带吴钩，收取关山五十州。"足球就是他的吴钩，世界杯就是他的五十州。"00711的谢方是真疯了。""不想考大学了，成天在操场上跑。""通知家长吧。"

他始终没有搞清楚自己对足球的爱是怎么形成并确立

的。这一切显得没什么道理。就像……雨水从山脚逆流山顶，冲垮了一间不存在的麦当劳。有一次，他试图模仿范志毅，做出鱼跃冲顶式的射门——在没有草皮只有沙土的场地上。像谁不知道，不像范志毅是肯定的。他一头撞在门柱上，血流不止，浑身是沙土刮出的伤。范志毅才不会这么傻。学生们一下子围上来，他躺在地上看着模糊的蓝天。球不知道有没有进，他反正是被父母禁止再进球场了。后来他在医院缝了五针，他父亲专门来了学校，动员老师们一起对他严防死守，围追堵截。但没有用，他的青春期没有早恋，没有歌舞，只有这个脏兮兮的运动，他动用自己所有的叛逆来对抗，瞄准一切空子见缝插针在场上驰骋，人也一天天变得越来越壮实，他的父亲肯定打不过他了，体育老师倒有一战的实力……有一天，他穿着短裤坐在客厅，母亲望着他茂盛的毛发叹气，说："真的是长大了，越来越不细致了。"

对于自己毛发旺盛一事有更多的认识，得等到很多年以后。他踢完球坐在场边抽烟，看着队友挺着肚子在场上练射门，风太大了，他觉得自己的腿毛在飘，队友扭过来看看他突然说："妈的，你人这么秀气，腿毛怎么这么长？"

那是1997年，足球在这个边远的山区纯属个人行为，也没有任何影响力。学校官方不组织，社会力量不支持，体育老师们对此一窍不通，女学生也看不懂。只有一小帮昏了头的高中男学生自己在瞎踢，他靠着厚脸皮和热情混进去，成为了其中之一。足球是他整个高中三年最投入的事情，比对自己的学业认真多了，每个周日晚饭后的返校日，他可以在马路边带球，一路带到学校，他不在意路边的人怎么看他，他沉浸在自己的世界里，觉得自己是罗伯特•巴乔，高峰，郝海东。不管别人怎么认为，是足球拯救了他灰暗的青春期。在迷上这个运动之前，他近视，瘦弱，忧郁，一天到晚在家里闷着看书，经常生病，唉声叹气，也不乐意跟人说话。但自从他开始带着球在一群人中奔跑，摔倒，像别的男生一样大声喊叫，他开始获得一些那个年纪的小孩儿本应获得的快乐。他曾经担心足球带来的快乐是不是会影响他的品质，毕竟杂志上都说，只有流氓和坏孩子才能踢好球——他并不想当流氓，但这种快乐还是带给他一些隐隐的罪恶感，支持他跟着大伙儿一起在寒暑假翻越体育场的围墙偷用场地。他确实变了，初中小学时他最大的快乐是穿着宽大的衣服在房间里晃荡，觉得自己是列子，能浩浩乎如凭虚御风而行，高中时，他只琢磨怎么才能更潇洒地带着球从对手身边抹过去，其余的怪念头随着一脚脚射门被他甩到了乌南交趾国。

2

　　莲花路建设路路口的房子是1996年买下的。他的父母很为之开心。原先位于白羽路南段的住宅是之前绿茵公司集资盖的联排，令人不满之处甚多，因此被卖掉变成了置换资金。况且住在那里的时候，正是他多病而灰暗的初中时代，事实上那几年他父母的感情和工作也谈不上顺利，总之，可以摆脱那个区域，无论如何都是令人开心的。新房子在岗上，离高中不远，在一条死胡同的尽头，胡同外面是个小断崖，修成一个斜坡，延伸到路边。这里盘根错节地塞着十几栋自建房。房子是县城里标准的独栋，每层层高三米五，有两层半——三楼是个露台，有一间储藏室可以用来堆杂物。父母住在底楼，他照例住他们顶上一间。每天晚上到了10点，母亲依然像初中时那样，在楼下高喊一声，勒令他关灯睡觉。

关灯之后的时间是他的。他小心地遮好窗帘，从床边的脚柜里将偷偷买的台灯拿出来打开，开始看书。不论什么，只要是跟课业无关的就好。这个习惯已保持多年，从他开始有自己的房间起。小学时，是一些小人书，连环画，《舒克和贝塔》《卡里莱与笛木乃》，初中时他开始看小说，《红楼梦》《幻灭》《高老头》《大卫·科波菲尔》，另外一部分是父亲做教师时，从学生手里收上来的。值得让学生在课堂上冒险偷看的书，往往都是最好看的，《少年文艺》《五角丛书》，琼瑶金庸，凡此种种……他就这么一直看到了现在，良好的语文成绩给他换来了语文课上自由活动的特权。但数学就没有那么容易了，而这是高考必考的。进高中后，他花了太多时间在足球上，上课都在睡觉，虽然不止在数学课上睡——但等他意识到自己数学成绩跟不上时，已有些晚了。高三，父亲只好花钱为他请了一个补习教师，是高中退休的老校长。一同补习的还有另一个女孩，她沉默寡言，能记下字迹秀丽的笔记，但他还是看得出来她在数学方面和他一样不在行。

每个星期天的下午，他骑自行车到老校长家去，将落下的课程告诉这个白发苍苍的人，然后听他慢慢地再说一遍。诚实地说，那是他第一次开始觉得对数学有一些兴趣。老人讲得清楚又明白，他也展现出了不同于学校课堂上的敏捷。他回想自己本来的数学老师，发现他完全没有办法听进去他说的内容，这种情况很像多年以后他面对一个自己不喜欢的女朋友的抱怨。但是太晚了，离高考只剩下一年了，父母拿出这笔钱给他开小灶已是极限，他们只求高考时他的数学成绩不至于拉后腿，没有人相信他会对数学有兴趣，会取得什么成就。他自己也是这么想的，等到混过了高考，他只可能报中文系，这似乎是早就确定了的。每个人都在为报志愿苦恼，他完全没有。如果不学这个，他又能学什么呢？老校长姓白，在他最后一次来补习的时候教了他一些应考的策略，无非是沉着冷静，遇到不会做的题先跳过之类。他们在补习中积累了不错的感情，他之前从未奢望过得到数学老师的爱，这还是第一次，但这之后，他再也没有见过老校长。

高考成绩出来之后，这个家庭曾短暂地沉浸进了一种喜悦里。那是7月中旬，天气很热，北山里的亲戚送了西瓜下来，他打电话到一个公用的查分号码，但一直拨不进去，于是父亲一大早跑去了教育局看放榜。父亲回来的时候，他正在客厅吃那个西瓜。他的成绩还不错，按照标准分那种复杂的算法，他算是超常发挥了。语文他心里有底，除了作文会扣分，其他应该是全对了，政治、英语都是该有的样子，历史出乎意料有点低，有可能某道大题没有博得阅卷老师的欢心，但也没有到不可接受的地步，然而这些都不是重点。重点是，他的数学史无前例地及格了。这是他整个高中三年唯一一次及格，在最合适的时候。他考上了。按照家庭的安排，他必须去南京读书。他对这个城市一无所知，只是因为有一个姑姑在那里。"总归有个照应吧。"他父母的想法简单而朴实，实际上是毫无了解的赌博。这样一个决定，就这么做下来了。按照他的成绩，如果读就近的大学，郑州，西安，武汉，都有不错的选择。但南京，那里对此地招生太少，志愿选得非常困难。最后，他在一所专科院校里，选了一个中文系。总归在南京。南京，他喜欢这个名字，喜欢每隔几年就会来这里省亲的姑姑一家。这样的选择，想来并不至于不妥。那时他沉浸在一种从未有过的轻松和欢乐里，人在轻松和欢乐里做不出正确的选择，起码在我们这个国家如此。地狱般的高中生活已经过去了，像一个噩梦，但是过去了。

高中后两年，学校开始了所谓的封闭式管理。每天早上6点半，他们起床出早操，在操场跑两圈半，跑完步上早自习，早自习8点钟结束，他们被允许在学校食堂吃一些色泽灰暗的早饭：胡辣汤、烂糊面、炒的土豆块，油条、包子，黑乎乎的白面馒头……早饭的时间是一个小时，之后是上午的四节课，一直到12点结束，中午吃饭连同午休，休息两个小时，之后又是四节课，然后是晚饭，晚饭到晚自习有两个小时，这段时间，他基本上都用来踢足球了。直到晚上10点，这些形容枯槁但依旧兴致勃勃的孩子们，被允许到宿舍休息、睡觉，然而必须抓紧了，因为11点就要熄灯断电。这样的日子，一周六天，雷打不动。周日上午是老师不进教室的自习课（他们躲在教室外面，偷偷从玻璃窗里朝里看，找出那些没有认真读书的孩子加以惩罚），周日下午，他们被允许回家一趟，但必须在晚间熄灯以前回到寝室。在这样的进度下，他们在高二一年，学完了高中所有的课程，并被告知：高三一整年都将用来模拟考试。

不是没有喘息的时机，不是这样的。高中生有着锁链和围墙也挡不住的热情，有一段时间，不知道是谁先发现的，一个流言开始在学生中流传：熄灯后，从宿舍底楼的某间厕所，可以翻到操场，然后从操场较低的围墙处，可以翻出学校。这当然是真的。一天晚上，他跟着这么干了。尽管有掉进粪池的危险，但他发现，如果不出差错，那么点高度确实拦不住他。而操场的围墙其实并无缺陷，只是在某个长着野草的墙角堆放着不少沙包，他们把这些沙包摞起来，然后翻了过去。翻墙出去的学生并不是很多，有想去外面玩游戏机的，有想看足球世界杯的，也有情侣出去约会的，大家出了围墙以后便各自散去，但像他们一行这样，没有什么目的的学生，确实很少。他们一行四人，三男一女，他，小华，李冰，朱砂。

可以确认的是，他们三个应该都喜欢朱砂，但朱砂喜欢谁，那时没有人知道。他们用一种奇怪的方式形成了一个集体：结拜兄妹。小华最大，是哥哥，朱砂其次，是姐姐，他再次，是三哥，李冰是四弟。四个人结义，并没有什么了不起的仪式，倒像是个化解尴尬的借口。他们在夜晚的马路上游荡，一路从学校外面走到了中心广场、小公园、滨河路，谈资也是出奇地贫乏，最后就变成在路上唱歌，聊一起看过的电影、电视。朱砂不是县城里长大的女孩子，她父亲从北京军区转业到县里的某个机关，将她一道从北京带了回来，从高一开始借读。朱砂的成绩一般，但眼界完全非他们可比，她几乎有所有香港明星的卡带，看过无数好看的电影，说一口标准的普通话，皮肤白净，瘦瘦高高。他能够明确感觉到，朱砂可能喜欢小华，也可能喜欢李冰，唯独不可能喜欢他，他是最暗淡的一个，但他并不因此沮丧，仍旧愿意在这个群体里混着，看另外两个男生为朱砂争风吃醋，或者让朱砂借助他刺激另外两个人。他的心思很简单，只要可以离开那个可怕的、地狱般的学校一会儿，让他做什么，他都会愿意的。而且即使走了一整夜，他们回来上课，也没有一个人是疲惫的，每个人的眼里都冒着光。这种彻夜的游荡、歌唱，是他高中三年最快乐的记忆，他仍记得他们一群人在杳无人迹的、黑灯瞎火的中心广场，围着巨大的"腾飞女神"雕像，四人重唱"你知不知道，你知不知道，我等到花儿也谢了"，朱砂负责前面低声的呢喃，三个男生负责后面高亢的吼叫……多年以后，当他们大腹便便，纷飞天涯，在KTV里面觥筹交错、歇斯底里之际，都会被这段旋律带回这个夜晚。

那种四人夜游的日子，在高三之后结束了，李冰和小华应该都以自己的方式向朱砂表达了爱慕，他便由此显得多余。再之后李冰、小华、朱砂因为他不知道的原因各自反目，但那已经是高三之后的事情了。说起来高中的日子里，他常常像别人生活的布景，轻轻掠过的NPC。后来，应该是到上海之后，他陪着两个朋友一起看《乱世佳人》，斯嘉丽和白瑞德吻在一起时，一个小提琴手适时入画，拉起美妙的旋律，他从椅子上弹坐起来，指着那一幕大叫："那就是我！那就是我！那就是我想成为的角色，一个婚礼琴师！"然而即使不做主角，他好像也没有见过多少美妙的幸福。

3

越了解他进入的这所大学，他就越有些失望。并不是这学校不好，它在农林方面有首屈一指的实力，然而对于一个有志于中文的青年学生来说，有些牛头不对马嘴。在学生军训聊天的时候，他打听出了本校专业的等级，那些林学、森环、园艺、环科、机电、木工专业的学生，比他们更适合待在这个学校里。没有人告诉过他这些，在填报志愿的时候，他觉得自己更应该去的似乎是师大之类的学校。但是一切都晚了。军训结束的时候，就有一些同专业的学生选择了退学复读，他没有勇气这么做。他没有办法再接受一年可怕的高三生活。他在这个不怎么合适的地方待了下来，情绪上很消沉，人也变得沉默起来。

让他变得沉默的并不只是这些。他吃不惯学校食堂的饭菜。他不能理解为什么所有的菜里都要放糖，这里的红烧肉是甜的，炒青菜是甜的，馒头的面也黏黏的，没有麦香味，仍旧散发出一种甜腻，食堂可以畅吃的只有他不怎么喜欢的米饭，有一次他买了一个包子，咬了一口就恶心地扔了，包子馅也是甜的。他被这个满是糖的世界击溃了。但他一个月只有400块生活费，这不足以支撑他到外面的餐馆去吃。况且他已经把200块充进了饭卡。他每天都被饥饿折磨。他明明已经往肚子里塞了一大堆自己不喜欢的食物，但是还是饿得无法忍受。入学三个月以后，他掉了5公斤体重。他电话给家里，要求加生活费。他打算到学校附近找一家北方的面馆定点吃饭，但是母亲拒绝了，她和父亲的工资加起来还不足1000元，这已经是他们能拿出来的全部。但不知道母亲后来做了什么工作，他的姑姑似乎知道了这一点，每个周末会叫他去家里一次，给他烧一些合口味的东西，然后再给他买一个礼拜的速食带回去，香肠、方便面、饼干、鸭胗……姑姑有一个女儿，大他5岁，染一头黄发，对他很好，带着他在苏果超市里晃悠，把每样他看了一眼的零食都丢进了袋子里。他靠着这些东西维生，但体重始终没有恢复，到年底回老家的时候，他整个人瘦得脱相了，母亲看到他的模样掉下泪来，把每月的生活费加到了450元。

不是没有想过自己勤工俭学，但他遇到了自己意想不到的困难。按家境，他不能算特困生，他如何能在那个申请表上写"我每天中午吃半斤米饭，但我仍旧觉得吃不饱，所以我希望学校给我特困生补助"。他也没有办法将自己跟特困生这三个字联系在一起。学校给特困生安排的岗位是打扫教室、体育场馆和洗衣房帮工。他觉得这些工作他都无法胜任。他从小只被要求学习，在家里，什么事情都没有做过，每每他拿起扫把，就像举着一只巨大的毛笔那样好笑。而大学生最常担任的家教，他也没有优势。他到锁金村的中介去问询，得知家长们都青睐师大的家教，他一个专科的中文系，听起来令人狐疑，他的资料在中介那里挂了几个月，无人问津，他恨不得把高考成绩单附在后面，以证明他有资格辅导高中语文，但是中介的人只是冲他笑笑，说，家长们都喜欢女生家教，男生本来就不好找。这条路算是彻底堵死了。一年级下学期，三月里的一天，一个住在对面寝室的男生挨个询问有没有人想打工，他马上过去招呼，原来这个男生在狮子桥附近的一间饭店打工，由于人手不够，就回来学校拉同学。他迅速搞清楚了报酬，一小时七块，"和麦当劳一样"，工作时间是每晚用餐高峰的6-9点，职责是传菜，就是把菜从厨房间端到服务员那里。他马上答应了下来。除开能挣点钱，这也是了解新世界的机会。南京的一切对他而言都是陌生的，他对这一切都充满了跃跃欲试的热情。

南京对他而言太大了。他成长的县城，只有一万多人，可能到两万，也可能没有。城区只有三条大的竖马路，四五条小的横马路。这样一个地方的特点是，所有的人几乎都彼此认识，街上出现一个陌生人，十有八九就是别处过来的小偷，这里的人口是不流动的。如果旷课和逃学也非常麻烦，一不小心就会被人看到并告知父母。但他渐渐发现，在南京这一切都变了。从学校到湖南路的狮子桥有公交车，但是更方便的办法是骑自行车，他从姑姑家借了一辆出来，停在楼下的车棚里，每天下午，最后一节课上完，他和几个打工的男生一起，从新庄穿到新模范马路，然后中央路，湖南路，这么一路过去。大约要骑上半个小时，在后厨换上制服：一件白衬衫，一条黑裤子，不怎么合身，但是烫得很挺括，他太瘦了，总觉得衬衫背后嗖嗖地走风。由于新模范马路修路，他们有时会绕着龙蟠路骑到中央门，然后从中央门一直骑到湖南路。后来，每个周一的晚上，他们会在中央门的肯德基买汉堡，每周一晚上，11块可以买两个香辣鸡腿堡，一个做晚饭，一个做第二天的早饭。后来他突然意识到，不论走哪条路，他都没有遇到过认识的人，学校的老师、同学，家教的中介，自己的姑姑、姑爹、姐姐。这让他觉得既失落又轻松。他习惯了在县城里，走在街上，满面堆笑，和迎面而来的每一个人打招呼，在这里不用这么做了，这让他觉得轻松。

狮子桥的这家饭店叫狮王府，是卖淮扬菜的，跟所有的大饭店一样，分成大堂和包厢两个部分。他们这帮打工的学生，服务的是包厢，包厢的客人吃的都是大餐，经常有巨大的铁锅、砂锅、瓷盘出现，光听名字，他根本不知道那里面是什么。女服务员是没有力气扛得动这种大菜的，但他们有。从后厨到包厢，有一段漫长的路，而且歪歪扭扭，很不好走，地上像模像样地铺了红毯，但只会让地更滑，一旦菜重一些，就要拼命维持平衡才不至于摔倒。他乐呵呵地干着这件事儿，看着银行账户里渐渐有了一些余额。不仅如此，他的体重也渐渐恢复了一些。后厨经常会有客人没有吃的菜撤下来，按规定是要倒掉的——后厨也没有餐具，但是主管心疼这帮没吃过什么好东西的大学生，给了他们一些一次性手套，让他们像火中取栗的猴子那样，在热腾腾的盘子里扒扒捡捡。有时他会带一些卤味，拿保鲜膜裹好，藏进袖子里带回寝室跟室友分享，大学生都忙着长身体，个个像饿殍，晚上在寝室吃得大呼小叫，然而当他想进一步拉人和他一起打这份工的时候，那些江苏本地的男生都拒绝了。

在课业上，他花的心思不够多，并且他性格过于忧郁和敏感。入学之初因为专业地位不高而带来的失落感一直笼罩着他，他不懂得要怎么摆脱出来。同时这种失落感也让他觉得自己不好。他有什么资格觉得自己的专业不该存在呢？正确的做法应该是好好努力而不是消沉吧？而且他看过大家的入学成绩，他的分数只在中游，自古以来江苏人就比他们善于考试，应该说，这就是他该待的地方，"你本来就是个平庸的人"。

在这种颓丧中混了半学期之后，他渐渐惊觉自己即使在"自以为擅长"的语文相关专业上表现也不够出色。老师也不特别青睐他。他发现自己的阅读量很大，但是阅读面很窄，他有一个喜欢萧红的语文老师，然而他一本萧红的书也没看过。张爱玲他倒是读了不少，但是班上却几乎人人都看过，他拼命地在图书馆里翻看，补习，忍着看不进的苦恼看了不少现代当代文学，以期能在课堂上有话说，但在学年结束的评价上，那个老师还是只给了他一个70分。

他喜欢的外国文学课，是一个男教师教的。男教师刻板地拿着书本，一页一页从莎士比亚和弥尔顿往后讲，但他还是很努力地去听，希望能找到一些获得青睐和提点的办法，然而他很快失望了。班里面有一些同学已经可以读外国文学的原文了，而且还有人能够写一手漂亮的现代诗，提起的专业名词、外国诗人作家的名字，他都闻所未闻，他只知道狄更斯、梅里美、巴尔扎克、福楼拜，但他还没有开始读卡夫卡、贝克特、杜拉斯、马尔克斯，亨利·

米勒他都不知道是谁，稍微现代派点的作家他都两眼一抹黑，一个来自广西的男生给他推荐了黑塞，他读完懊悔自己之前怎么错过了这么好看的书……这些差距，使他明白自己只配在角落里默默待着，上课认真听讲，下课低头快走，不要丢人现眼。

　　而他的作文，他一直引以为傲的作文，也失败了。尽管他从未这么努力地在上面花心思，但整个大一期间，老师没有提出来表扬过一次——甚至提也懒得提，分数也是理所当然地勉强。尽管他对那个写作老师的品位很怀疑，但是他还是敏锐地发现，即使按照他自己的标准，班上也至少有两个人写得比他好，还有好几个至少和他差不多。其中有一个女生，是当年新概念作文比赛的二等奖。虽然是二等奖，但这仿佛仍旧是某种认证，他偷偷地去翻过那篇文章，得承认，他在高三的时候，写不出这样的东西。而另一个男生，他的诗歌在当时的一些地下诗歌论坛上，已经有不少数量的粉丝，获得了小范围专业人士的认可，这些东西，他刚刚能够看得出好来，但自己完全没有办法掌握，他觉得自己所知的一切，组词、造句、叙事的方式都过于无聊和传统了。他觉得自己根本不会写作，上中文系完全就是一个错误。到了大二之后，这种情况也毫无改观，并且他发现自己竟已无耻地习惯了做一个成绩不好的学生，他的成绩，他在自己高中时梦寐以求的中文系的学习成绩竟然连自己入学时都不如，这让他觉得自己被技术性击倒了，他躺在地上喘气，不知道何时才能起来。

大二刚开始的时候，他报名参加了学校的话剧社团，他想起自己在中学时曾经上台演出过相声，他希望能借此获得一些认可。在一个简单的培训之后，需要报名的人被要求组队排演一个节目，话剧社的老师将根据这个节目的质量来决定录取的人选。那是个周六的下午，一大帮人聚集在学校的礼堂，他被随机和几个陌生的人分在了一组，在做过自我介绍之后，组里的两个北京女生突然起身离开，去找老师说着什么，但是她们并没有走远，声音也故意刚好放在让他听到的程度，她们说，她们不愿意和一个"河南人"分在一组。他震惊了，为了不造成别人的麻烦和尴尬，他在老师做出反应之前快速地离开了话剧社招新的现场。从那以后，他再也没有在话剧社附近出现过。他开始学会随时随地保护自己，不轻易透露自己的个人信息。但他还是觉得可能随时随地有人在嘲笑自己。他的发型还是中学时的样子。他穿着从家里带来的衣服，他观察周围的人以后，发现这些衣服没有一件不是过时的。他因为吃不惯这边的饮食而被同学们的聚餐自动跳开。尽管非常努力，尽管比他的一些河南老乡强，他的普通话里还是有一些河南口音。他可以去和那些老乡混在一起，但河南太大了，他也并不特别喜欢那几个本省人。他不明白自己为什么要为"河南人"这三个字埋单，他也不明白那两个北京女生为什么会讨厌他。也许是他的口音、谈吐、穿着让她们觉得无法与这样一个人搭配演出。说到底，河南人没有问题，有问题的还是他，他没有能够为群体添彩。他必须反思自己的一切，穿着、言谈、举止、心理状态，乃至存在本身。

他开始变得更加自制，习惯性地隐藏自己。他对每一个同学笑脸相迎，但并不付出真心。这让他在群体中越来越孤立了。他在网上注册了一个名字，在一些文学论坛里游荡，将自己悲观失望的情绪变成一些文字发在上面。这些文字理所当然地不堪卒读，他也没有能从书里找到任何合适的精神资源来帮助自己。没有课的下午，他到操场跟一些陌生的同学踢足球，他的体格比这些南方人要健壮一些，虽然技术一般，但他高中三年在足球上花的功夫总算没有白费，他的表现不错，经常能博得掌声和喝彩，这成了他头两年大学生活里，唯一的亮点：幸好他还会踢球。

4

在高中的时候他没有过女朋友。到了南京以后，他吸引女孩子的办法迅速无效了。这根本不是一个应该考虑的问题，他告诉自己。他现在处在一种连自身的存在都很难确认的状态。他在生活里一无所长，他自己也不喜欢自己，又如何能指望别人喜欢他？他不是没有遇到过合意的女生。一旦对方稍微对他表现出一些好感，他就有一些热泪盈眶。这种感情太吓人了，没有人觉得这是合适的。但当时也没有人教育他，怎么做才是合适的。不过一床之隔，对面的男生早早地谈到了一个漂亮的女朋友，而他，只会让女生在惊吓中，一次又一次地拒绝他。

　　他在网上发更多的文章，加了不少女生的QQ，其中不乏对他表示青睐的，但即使同城，他也不敢去和对方见面。对方能接受他的口音吗？抑或是他蹩脚的发型？他的籍贯问题还会被嘲笑吗？一个不到两万人的县城，连小偷都是外来的，却因为几个不相干的人在国家的中心点燃了自己而蒙羞，这不是很荒谬吗？但是他能够说清楚这件事吗？能够让人家相信他是一个正直可靠的人吗？或者，他真的正直可靠吗？这些品质并没有被考验过，而且，如果说网友见面，聊这些东西，会不会变得非常沉重？按照一些传闻里的说法，网友见面都是要开房、发生关系的，他并没有过性经历，他能够应对这些吗？即使能够应对，他也发现自己需要节衣缩食才能负担开房的费用，这实在都是苦多乐少的事情。他只有退缩，再退缩。

　　然而终于还是和其中一位见面了。见面的原因实在是因为躲不过去。因为那是一个本校、本学院的学妹。对方声称"钦佩他的才华"。这听起来简直是一个笑话，太不堪的笑话。他哪里有什么才华。不过是因为匿名，他才敢在网络上写下那些可笑而可鄙的东西，要么是模仿来的，要么是故作深沉，矫情不堪，他是为了让自己不至于拿着汽油在教学主楼前面点燃自己才写这些东西的。而且自己已经有学妹了这件事也让他惊悸，大二已经快要过去，但他觉得自己的一大部分仍旧停在河南的那个小县城里，他的大学生活并没有开始过。女孩子们总有一些天赋来控制他，这让他想起自己的母亲，他一方面厌恶这一点，另一方面却不由自主。这个叫韩露的学妹是本学院英语专业的，个头不高，但很丰满，染了一头黄发——她发了照片过来给他。她是南京本地人，就住在离湖南路不远的地方。在狮王府打工结束后的一个晚上，他们在湖南路一间书店门口碰面。他根本没有办法招架这样的女孩子，他非常气恼。对于他而言，这太严重，但对于对方，这根本不过是一个游戏。她游刃有余地勾引他——或者就是正常的对待，但他根本无法处理这种感情，每天都在煎熬之中，他也不知道要怎么样去爱一个姑娘。他在网站的讨论版里搜索她的ID，发现她之前与他人恋爱时写的文章秀的恩爱都还历历在目，他只觉得嫉妒，却又无可奈何。他觉得她的情感异常丰富和混乱，之前的男朋友是东南大学的，再之前一个是理工大学的……她不过才大一，为什么已经有了这么多男朋友？可这和他又有什么关系？他并没有能力做到头也不回地拒绝人家，而是一次次地被牵着鼻子走。有一天晚上他们吵架，他心里窝着火，但不知道该怎么表达，而她心安理得地回了家关了手机，他站在山西路军人俱乐部门口，给她发了一晚上的短信，一直站到凌晨，她第二天见到他恍然未知。这一切都让他更疲惫，脾气更坏，成绩更差。他希望自己的外表起码能看起来好些，但他买衣服也一直失败，往往花了一个月打工的钱，买了一件会被人嘲弄的款式，他也只能在心里默默抱怨，为什么之前没有人教我这些？为什么我要被丢在这样一个地方读书，被人嘲笑？他去理发店把头发也染成了黄色，这让他丢掉了狮王府的工作。在大二下半学年，他觉得自己一无所有，唯一的希望是也许可以和韩露开一次房。但韩露的态度总是很暧昧，显然她是有性经历的，但她没有想好要不要把自己交给这个显然被痛苦和激情折磨得半死的怪异青年。有一天晚上，在一个播放DVD的影音室，他差点就得手了——他以为是差点，实在是他太没有经验。之后他再也没有机会。冬天刚过完，韩露就跟他分手了。发了一条消息，就再也没有见面。他偶尔在主楼上大课的时候远远看到她，两人形同陌路，很快他就看到她身边有了别的男生。于她，他就像一个笑话，轻轻掠过校园，带着淡淡的讥嘲消失得无影无踪。

　　他自以为遭受了了不起的情感的打击，变得更加怪异。大二结束，他挂掉了好几门功课，还得费尽心思不让成绩单寄回老家。大三一开学就要补考，他忙乱不已，将将通过。大三是有正经课程的最后一年，大四马上就面临实习、找工作了。但他觉得自己的大学完全白上了。他觉得自己没有学到任何有益的东西，只有痛苦，无尽的痛苦。在课堂上，他痛苦，因为他什么也听不进去。下课后，他为自己的人痛苦，吃不下饭，穿不对衣服，说不对话。晚上，在图书馆，他为自己的写作痛苦，他什么也写不出来。那两个写得比他好的同学依然写得比他好，已经开始在南京当地的文学杂志上有发表，并开始获得声名、承认。每个人都找到了自己合适的位置，只有他没有。以后要找什么样的工作呢？要走什么样的人生路呢？是不是要回老家呢？那他来南京又是为了什么？有同学暑假在外面打工，两个月能挣3000块了，成了所有人羡慕的佼佼者，他诚心去求教，别人笑着告诉他："只是运气好。"那他的运气在哪里呢？他不知道。再也没有狮王府这样的工作找他，最后一次听说的体力劳动的机会是到鼓楼医院背尸体，他想了又想，拒绝了。大三寒假开始前，他被辅导员叫到了办公室，在这个尚且年轻的女老师眼里，他已经变成了可能毕不了业的人之一，他被严肃地告诫要把成绩搞上去。他只是不断地装可怜，恳求对方不要把成绩单寄给河南的父母，但对方并没有答应。他立下好好学习的誓言，但他知道一开学他就会把这一切忘得一干二净。

大三下学期，他在足球领域达到了一个小型的巅峰，他加入了学院足球队，并且在对阵最强的森环院时，攻入一球，让所有人刮目相看。这是个没有什么人真的在意的足球赛，除了他。女生们也不爱看足球，她们都在篮球场围着。而他们这个女生比男生多的学院也很快就被淘汰了。但他很开心，这简直是他大学生涯的最高峰，他独自开心着，然而也只维持了很短的一段时间。后来回想，大三那年是他身体素质的最高峰，他跑得很快，在足球场上可以奋战两三个钟头也不觉得累，身体也强壮，顶得住人，射门力量也很足。在一些临时搭配的小场比赛中，他常常可以成为关键先生，这是他在别的地方都没有得到过的。然而这只是游戏，他心里非常明白。而且那一年转瞬即逝，他的身体也开始走下坡路了。

他没有再交到过女朋友。不是不想交，是完全不再有任何人对他感兴趣，他有时觉得在女生面前他是没有性别的。但他并不难过，起码这让他麻烦很少，心情很愉悦，他希望自己渐渐忘记韩露，因此避开了一切可能遇到她的地方。在他觉得自己可以忘记的时候，韩露偏偏又和他隔壁寝室的一个男生混在了一起，这让他觉得丢脸——这也是非常奇怪的想法，这跟他有什么关系呢？然而他就是无法忍受，因此在大三下学期快结束的时候，他想办法在学校外面跟人合租了一间房子。

5

那间房子在离锁金村更远一些的岗子村。最初他往城市的西边找，一直找到了红山动物园，但是越发觉得那边偏远，最后还是一个同学提供的信息，让他在学校东边的岗子村落脚了下来。这次外宿是没有得到批准的，他有时得在查寝的晚上赶回去。那是一座老式建筑的二楼，临一条小街，从街边直接推门进去上楼梯，再顺着过道一直走到底就是。门是暗红漆的，租房给他的不是房东，而是一对年轻情侣，他们租下了一整套，发现有空余，希望把其中一个小间转租出去，月租对方想要200，他还到了只要150元。他那个房间仅可容身，但居然有一个书桌，他设想自己未来可以在桌前坐下来写诗，心里暗自高兴。他用之前打工攒下的钱，把房租交到了年底，用最快的速度把寝室里的家当搬了一大半过来。很快他就发现自己为什么能够如此轻易地租下这套房子了。这对情侣里的女生，是在夜总会里坐台的，男生应该也是同一个夜总会的酒保，他们的房间总是有吵闹的音乐，浓烈的烟酒臭味，他扫过一眼那个房间，没有床，粉红色的褥子直接铺在地板上。两个被窝明显地区分出了性别：女生的枕头是带蕾丝边的，男生盖一床深色的被子。但这一切对他并不是困扰，通常他在这里的时候，正是他们俩的上班时间，待到他第二天一早惺忪着双眼去上课的时候，他们又才刚刚下班。只有偶尔下午他过来拿东西的时候，才会遇到他们俩带了一帮可疑的男男女女在客厅打牌，吵闹，用南京话彼此谩骂。他把自己的房门反锁，不跟他们多说一句。他们偶尔会三缺一，叫他加入，他羞愧地表示自己不会打，于是他俩跟他聊天，女生还会用言辞挑逗他。他搞不清楚他们俩到底是什么样的关系，经常一句话也不敢接茬。但是除开这些，得说这俩年轻人对他不错。女生回安徽老家的时候，会带一些吃的回来，并会特意分给他吃。男生总是来递烟，但他一次也没有抽过，为了表示自己不是傲慢，而是真的不会抽，他只好坐下来和他聊天。男生教他一些夜总会里玩牌玩骰子的把戏，但他怎么也学不会，跟他说一些最新鲜的冷笑话，荤段子，他也笑不出来。但那个男生似乎早就习惯了各种尴尬的场面，并不以为意，只是笑嘻嘻的，一直不停说话。有时他想，大约得变成这个男生这样，才能在社会上混个名堂吧？像他这样木讷的人，成绩又不好，将来离开了学校可怎么办才好呢？他拼命想记住那个男生都说了些什么，但什么也记不住。有天早上，他正在浴室洗澡，那个女生推门进来，他大吃一惊，那女生倒是老练地一笑，说不用害羞，我什么没见过，我们老家的人都叫我"小骚货"，然后男生在外间哈哈大笑。他擦干身体，穿好衣服出来，望着这对青年傻笑。他并不经常反锁房间，因为他没有放什么值得隐藏的东西在这个小小的居所，有时回来，他发现桌上的书被人翻动过，于是他出门对他们说，如果对我的书感兴趣，尽管拿去看。他们俩只是笑嘻嘻地摇摇头，并不搭话。

大四上学期的紧张气氛是强烈的，他完全不知道自己未来的前途在哪里。他整日奔忙，弥补前三年欠下的学分。12月初的一天傍晚，他从学校的一个斜坡上骑自行车下来，车速很快，他感觉有个东西撞上了自己的后轮。等他在10米开外停下来的时候，发现另一辆自行车倒在地上，边上还有一个倒地不起的人。受伤的乃是一个女教师，她满脸是血。人们围住了他们，他顺从地掏出学生证给到对方，但当他试图辩解"是你撞了我"的时候，他收获了周围所有人的鄙视："你根本就不应该在校园里骑这么快！"很快吗？他不知道，他只看到女教师脸上的血流下来。接下来是去医院等一系列程序。他陷入了巨大的麻烦。女教师磕掉了半颗门牙，要拔牙再重新装一颗上去。但她正在向自己的男友，一个老博士逼婚，好容易谈定的婚期，被这场小型的车祸延后了。她将自己对婚姻的焦虑全部倾泻在这个男学生身上，她带着全家人一起谩骂他，威胁他——其实她不用那么凶的，以他的性格，他根本逃不掉，他太软弱了，不用征服，他天然就是失败的。他逆来顺受地跟着女教师去医院排队，挂号，忍受她的攻击。这些他都忍受下来了，但在商量进一步治疗方案时，他们产生了分歧。他第一次发现牙齿是个如此昂贵的东西，他希望用最普通的材料，但女教师坚持要最好的，"因为这是门牙"，价格超过了他一年的学费，这是不可接受的，而他也不敢跟家人说这件事。他试图找那对情侣商量，把岗子村的房子退租，先拿个几百块回来救急，也被拒绝了。他陷入了不可避免的绝望之中。女教师因为口腔炎症无法植牙，只好等待炎症消退，在此期间，他四处找寻兼职挣钱的机会，而不是像别人那样已经在张罗工作。最后他再次意外地在湖南路找到了一份零工。这是一份看起来很不错的职位：书店店员。虽然收入并没有比狮王府端盘子高，但从大一到大四，他总算从街对面的餐饮业奋斗到了街这边的文化产业里。起码现在的谈吐打扮，已经可以像一个书店店员而非服务员了。店员的任务是把新到的书按照分类要求一本本细细地码到书架上，然后等客人们要找书的时候，飞快地拿出来，再有就是提醒那些在店里免费看书的人不要不小心把书带走了——因为书里面有他一条一条认真贴上去的防盗磁条。书店的名字叫可一，是老板女儿的名字，那个小姑娘应该还不满10岁，但是教养糟糕，在书店里随意呵斥女收银员。她没有敢对他怎么样，大概是因为他看起来沉默且凶恶。他对女收银员表示同情，望着小姑娘说："这么小就不讨人喜欢，长大了可怎么得了？"女收银员却说："她一出生就是个有钱人了，她从小就不用学着怎么让别人喜欢自己。"他沉默地走开了。书店老板女儿的人生对他而言，简直是一片未知的荒原，他无法踏入也没有办法理解。书店的工资不高，而最大的好处是，他得以暂时躲避了女教师的寻找。他每天一早赶到书店，天黑之后直接回岗子村的住处，有课的时候去一趟教室，但不再在寝室出现。男生寝室是女性禁入的，据室友说，女教师的男朋友，那个老博士来过，试图寻找他，但也仅仅一次。

　　大四寒假的最后一周，班主任组织了一次大课，大课结束之后，他直奔书店。书店这天人并不多，他在书架之间找书看。那时，因为王小波遗作中的大力推荐，卡尔维诺的作品集才刚刚出版出来。从《我们的祖先》到《看不见的城市》，都整整齐齐码在书架上。这是他最喜欢的一个区域，他逡巡在那里，有机会就把书抽出来看。就是在大课之后的这天下午，他在这里遇到了于菲。于菲和他同班，但两人说话极少，在此地遇到让双方都非常惊讶。聊了半天卡尔维诺以后，他鼓起勇气犹豫着问于菲有没有可能一起吃个晚饭。于菲的脸上露出一种奇怪的神色：他觉得自己又要被拒绝了。然而于菲同意了。他们去了间咖啡馆，但气氛已不像在书店时的样子，而是变得很尴尬。于菲显然心事重重，流露出的东西让他觉得，自己根本不了解这个同班了快四年的女生，他努力回想着，希望能说点什么，但没有。沉默着吃完饭之后，于菲就匆匆离开了，往学校的反方向。他回到岗子村，打开电脑试图写点什么，但QQ自动登录之后，他发现于菲居然刚刚加了他。他通过之后，问于菲去哪儿了，她告诉他她在新街口的一个酒店。他问，那你在那里干什么？于菲说，等男朋友来。他不知道说什么好，就打了一串省略号。于菲说，我刚知道我男朋友好像有老婆。他又打了一串省略号。于菲说，我想分手，但是觉得分不掉。他问，你男朋友是我们学校的吗？于菲说，不是，他工作了，30岁了。他说，啊，为什么找这么大年纪的男朋友？于菲说，我们班女生的男朋友，都差不多是这个年纪。他沉默。于菲又说，等你到了那个年纪，也会到大学里来找女朋友的。他不知道说什么好，就下线了。第二天下午，他在书店里乱翻书的时候，于菲又发了手机消息过来说，要不要一起吃个饭？我请你。他说，好，哪儿见？于菲说，就学校后面的花园路吧。他说，我还在湖南路，等我下班吧。他们约在花园路一个小的酸菜鱼馆。于菲穿着一件长过膝盖的纯白色羽绒服，系着暗红色的围巾，站在公交站台上，冻得满面嫣红。他从车窗里望出去，才觉得她真的很漂亮，有可能是他们班里最好看的一个，但是他之前完全没有注意到。于菲说，昨天我心情不好，不好意思。他说，没事。于菲仿佛恢复了活力一样和他聊天，开玩笑，还提起他在网上发表的一些文章："其实班里好几个女生都知道，就觉得你还挺有才的。"他没来由地尴尬着，只是喏喏地点头。吃完之后，他们打算在外面走一走。新庄这里的高架还没有修好，围着学校的这一圈尚且是封死的，车子不能上去，但是行人可以。于菲说，你知道吗？有人夏天在这一段高架上露营。他来了兴致，决定上去看看，他们沿着这空旷的高架走，一路向上，路灯昏黄，越来越开阔，于菲哼起歌来，是叶蓓的《B小调雨后》，声音越来越大，唱得很好听，唱完了以后，他们站在路灯下。于菲说，我真的还爱他，他对我很好的，他结婚了的事情也是个传言，也没有人能确认。他问，那你为什么不直接问他呢？于菲说，我不敢问，我怕一旦是真的，他会离开，我会受不了。他问，那你想怎样呢？于菲说，我想一毕业就和他结婚。他沉默。于菲说，你也给我唱首歌吧？他说，我不会唱歌，我给你念首诗吧。于菲说，谁的诗？他说，我能背得出北岛的《安魂曲》，那一年的浪头，淹没了镜中之沙……念完之后，于菲说，跟你一比，我觉得自己不像中文系的。他沉默着低头。于菲说，走吧。下了高架之后，他回岗子村，于菲回寝室。后面上课的时候，他们在课堂上仍不说话，没人知道他和于菲有这样的来往。到了大四下学期开学，他和于菲经常在晚上到高架上聊天、唱歌，偶尔也会去学校后面的歌厅。歌厅叫"红色恋人"，是一个老师开的，一半是吧台，一半是舞池，大屏幕在舞池背后，唱一首歌10块钱。于菲喜欢许美静，她唱《城里的月光》和《铁窗》，也能用标准的粤语唱《明知故犯》和《倾城》。他静静地在边上听她唱，看着她的眼泪渐渐流下脸颊。终于有一天晚上，不知道是心有默契还是于菲故意的，他们超过了寝室锁门的时间，回不去了。他们在花园路开了一间房。于菲一进门就缩在最里面窗边的地板上不说话。他不知所措，只好在另一张床上静静躺好。过了很久，于菲说，你这个傻瓜，过来跟我说话。于是他过去吻她，她紧紧地抱住了他，边吻边发笑，笑完了低声说，我并不是这个意思。但两个人也没有停下来的打算。这是他第一次真正的性经历，于菲比他要熟练得多，那真的是一种技巧，他从不曾掌握的技巧。

这天晚上的事情像一个美丽的意外，之后于菲再也不肯与他有更进一步的关系。像是大学末尾时期的最后一抹霞光，于菲渐渐远去，他重新跌入无声无人的深谷。有招聘会的前一天，他会回到寝室住宿，然后第二天一早，拿着打印好的简历，和同学们一起跑招聘会。他把自己的简历慌乱地放在一个个他觉得也许有可能的台子上，在人群里挤得浑身是汗。他明白自己不可能在这种地方找到工作，那些站在台子背后的人，他是知道他们的，那不是他可以对付的类型。他在心里盘算，他的同学里面，哪些人是可以游刃有余的……他在心里默念着那些名字，让退缩的念头越来越坚硬。他有时觉得，自己是没有办法跟人有这种"普通"交往的：站在台前，目光直视对方，不卑不亢的，用双手奉上简历，说"你好"，并快速地自我介绍——就是这么简单，然而他完全没有办法做到。他只会站在夜晚的高架桥上，跟女生念北岛，但女生现在也不理他了。遥远的梦魇里，还有缺了一颗牙齿的满脸是血的女教师在等着他，他感到自己在各种奇怪的失败里折腾，渐渐被淹没。又去了两次规模不等的招聘会之后，他壮起胆子放弃自我了。他视毕业的前夕为世界末日，打算混到最后再说。每天白天，他在寝室蒙着头睡觉，夜色降临之后，他到校门口的网吧开始包夜。包夜只要十块，然后他买一瓶三块的"脉动"，十块的砂锅，只要二十三块，就能度过一天。这是成本最低的生存方式了。他躲在网吧里，头半夜打游戏，后半夜听着吵闹的摇滚乐写诗。他将自己悲惨的爱情，失败的学业，倒霉的经历，像密码一样编进这些句子里，在确信所有人都看不明白，且有一种奇异的韵律产生之后，他将这些句子发在了一些论坛里。他每天的乐趣就剩下这些：睡觉、包夜、打网游、写诗、看评论……他感到越来越多的霉菌在他的身体里滋生，也越来越绝望。

那时他还不知道南京的生活就要结束了。他在网吧里用狙击枪干掉一个匪徒的时候，试着把几个词排列得更柔和的时候，女教师正在一公里以外的宿舍里跟老博士男朋友发飙，桌上是吃剩没收拾的碗筷，根管治疗的收费单据和病历撒了一地；于菲仍在那个新街口的酒店里等可能不会来的男朋友，她打定主意在毕业前带这个男人回家见父母，那个给她念诗的少年早被忘在了脑后。他昏睡到下午的时候，隔壁班几个男生过来聊天，他们在动员同学跟他们一起去上海。"总归机会比南京多"。但感兴趣的人已经不多了，寝室里6个人，能够拿到毕业证的只有5个，还没有找到工作的只有他。他从床上翻起身来，问上海的情况。那两个男生答应暂时让他借住："你先过来再说吧，可以和我们住在一起，我们在广告公司实习，按件计酬，待遇还不错。"他已经没有什么别的选择了。他第一次在天还没有黑全的时候起床，到食堂隔壁的电话中心去给家里打电话。他在电话中心门外站了半个小时，编好了谎话的腹稿，向母亲骗到了两千块钱："我收到了一个上海公司的邀请，可以过去实习，需要一些钱来租个房子。"他手心里全是汗，母亲没有问出太多东西。她对那个城市，比他还要陌生。钱是在第二天汇到的。又隔了一天，他踏上了去上海的火车。一张票47元，他买到的不过是一个便宜的、随时可能破灭的希望。从大陆的西边到东边，他像一支被射出的箭，但还没有找到箭靶在哪儿。他知道，力量有朝一日会被耗尽，在这之前，必须命中点什么，才算不虚此行。

泰迪、英短和洪水中的马戏公司

01 托尼书

"那么，以你之见，最重要的能力究竟是什么？"他坐直身体，又将头谦逊地低下，摆出虚心求教的姿态。

"当然是你的语气。你必须找到一种语气来表达自己。每一个人都应该有自己独特的语气，每一个人都应该懂得表达不同的事物需要不同的语气。不然会非常糟。国将不国。嗯，你读过历史没有？历史上的事情，多数是这样变糟的。皇帝、臣子、百姓、太监、宫女、反贼，本来各有各的位置，只要说正确的话，就能做正确的事儿。如果大家顶着一个虚衔，却没有人能说出符合自己身份的话来……如此这般，帝国便会名不副实，最终轰然倒塌……"

他打量着对面这个男子。男子并不畏惧，迎着他的目光瞧过来，竭力表达着一种类似于"确信"或是"认真"的态度。于是他再次低下头来，不知道该说些什么。男子打量着他的反应，将手中的笔在纸上移动着，但并不写下什么，而是继续说道：

"具体到我们对于这个职位的要求，便是我需要你用心去思考你的处境。你知道，这个职位的薪水并不高，可以负责任地告诉你，这个职位的流动率很大，而且我很少找到能够使我满意的人，以至于我渐渐悲观起来，觉得优秀的年轻人不肯再从事这份工作，这份工作是否已经失去了它应有的光荣与梦想……但经过认真的思考和判断之后，我必须要说，不是这样的，这份工作对于任何一个企业都是非常重要的，在我们这间公司当然就尤其重要。我们曾经花百万年薪为CEO招聘了一个业务助理，级别是和副总裁一样的，此人哪里都好，却连一封邮件都写不清楚。但他说得很好——你没有听懂吧，没关系，我解释一下。此人的智力、能力、经验、管理思路、从业资质都是上乘，但业务助理很大一部分工作便是需要随时随地帮CEO处理文档。前段时间我司遭遇公关危机，需要发文给媒体，CEO深夜口述给他，他却无法成文。然而再让他口头转述给他人，他却几乎能说得比CEO还精彩——但他不是CEO啊，之后他找到了另一位同事临时支持，才最终成文。此事让CEO深觉不便，终于决定让他调换岗位。所以，你的成文能力如何，乃是最关键的部分。然而你还不是总裁业务助理，你需要完成的任务更多变，更复杂……"

男子停下来喝水，并轻捏手里喝到一半的矿泉水瓶，发出啪啪的响声。这里冷气充足，他感到自己手脚冰凉，但却异常清醒，他拉住自己散开的思绪，归置了对方的诉求，迅速把话题转到自己关心的部分："可否具体说说我到底需要做些什么？实际上我看过你们的职位描述，觉得自己基本相符才投简历过来的，但现在你说的这些，让我有些疑惑自己是否能胜任。"

男子似乎有一些错愕，但马上从椅子上挪动身体，直起身来："嗨，你不用自我怀疑，我看过你的简历，我也觉得，也许你是能够胜任的，然而职位描述这种东西，你知道，也不知道是HR在何处抄来的，多年不变的垃圾，往往无法真实反映我们的需求，故而我需要跟你详细解释。可能说得有点绕，但是我觉得我说的才是核心和重点。具体到执行的话，你的工作可能要涉及五到六个不同的行业客户，甚至更多，比如……一个卫生巾客户印在产品包装上的文案，和一个汽车客户发在手机新闻客户端上的文字链。文案之间的差别，不比一只泰迪和一只英短之间的差别小……你养狗或者猫吗？"

"我有一只猫，正好是英短。"

"好，好的，你知道我在说什么就好。所以你必须找到不同的语气来表达不同的事情，近来我们有一个同事就特别崩溃——如果你能进来的话，他会是你的搭档。他在维护一个汽车变速箱品牌的官方微信，客户提出新时代的背景下，他们需要这个官方微信能够人格化。就是要有鲜明的性格特征：是一个欢乐而逗逼的女工程师，一个坚毅而可靠的男程序员，一个喜欢二次元熟悉各种网络用语的中二公关，还是一个留长发熟悉工业金属音乐，大学时组过乐队，现在在市场部上班但内心仍有热血梦想的经理？要知道，这都是不容易的。最简单的办法是，你可以在这些账号中扮演你自己，但是如果你需要同时维护两到三个品牌账户呢？这就需要你有好几重人格。人都是受限于自己的经验的，天天买菜的主妇肯定了解菜市场的大妈，4S店的汽车销售会了解买车的人，但你要是让主妇去描述买车的人，她能说好吗？这背后就有很多功课要做。每一种人格，说话都是不一样的……"

"那么变速箱客户选定哪种人格了吗？"

"还没有。客户要求每种人格测试一个礼拜，他们要看一下微信用户的反馈。这也是我们希望招聘你的最大的原因。原先的这个男同事，已经写得有点崩溃了。"

"听起来是挺崩溃的，我觉得自己可能会搞不定的……"

"不用怕不用怕，其实还是可以完成的，这个，如果你能进来上班，我慢慢和你说。"男子擦擦额头，又把眼镜摘下来揉眼睛，半晌没有说话。他坐在对面望着他，一边看男子眼镜腿上的"克罗沁"LOGO，一边掂量着这份工作到底值得不值得做。

面试结束之后第二天，大马戏广告有限公司HR给他发来了入职的offer。薪水待遇到了他可以接受的程度。HR还打来一个电话提醒。他挂掉电话犹豫了不到10秒，就立刻邮件回复了接受。现在就业形势太差了，这份工作虽然听起来非常鬼扯，但还没有到不可以一试的地步。

面试他的男子叫Kevin，乃是整个团队最大的leader。他高而肥胖，坐在走廊的尽头岿然不动。早上报到的时候他走过去打招呼，他望望他，轻轻地点头，说"先把入职手续办好"。入职手续并没有什么麻烦的，行政部的女生把该办的东西都列在了一封邮件里，他看完之后，开始按着自己的习惯仔细设置电脑。多年以来养成的习惯是，比起一个话也说不清的人他更愿意跟越来越精良的机器沟通。看着电脑的界面和打开方式越来越像自己的风格，他慢慢放松下来，坐在位子上吃一个三明治。吃完之后他去茶水间接水，趁着排队的时候悄悄打量经过的同事，感觉自己像刚到新家的猫，逡巡在崭新的猫砂上，轻轻扒拉着，将要显出淡定的神色。

在第一个brief下达之前，Kevin叫他一起吃午饭："第一天入职的同事我都会请他们吃饭。"但他有点退缩，惊惧于午饭会不会又变成一场没有边际的说教，他对Kevin关于语气的那套说法有点不以为然，一看就是脱离执行多年的人才能说出的东西啊。实际工作会变成什么样子，尚待观察。

然而没有说教，Kevin突然变得异常沉默。二人步行到不远处的商场，进了一间本帮菜馆，吃下的不过是一些家常菜色。商场也非常平庸，自带死气沉沉的属性，完全无法成为谈资。他们几乎是相对无言地吃完了这顿午餐。

"Tony啊，遇到什么解决不了的问题，去找你的直接上司Sally，Sally也解决不了，再来找我。Sally今天去开会了，下午回来了我会介绍给你。但是比起她，我更不常在公司，所以在的时候，你要主动来抓我。"Kevin站在回公司的最后一个路口处的斑马线上，望着远处，目不斜视地说道。一米外有微风凛然吹过。

"好的，我知道了。"他望着Kevin点点头。Kevin没有看他，这头看起来像是他点给自己的。

"写的文案也可以让Jason协助看一眼，但他的意见只可作为参考，我其实是希望你能走出不同的路来。"Kevin看起来有点犹豫，然而还是补充了一句。

Jason便是崩溃于多重人格微信账号的另一个文案。

　　大马戏广告公司并不大，他看公司微信群，目前的人数是62个。公司分成两个组，一个叫快消组，一个叫工业组。快消组服务一些饼干、饺子、汤圆、化妆品、卫生巾之类的品牌，工业组服务一个全球知名的汽车变速箱品牌。他暂时被安排在快消组，但工业组是大客户，事先说好了，一旦遇到重要的事情，他也会被拉过去开会出力。

　　他能赢下这份工作的理由并不复杂。长期以来，在文案工作之余，他还给城里的一些杂志、文学公众号写小说。他没有避讳这一点，并在电话面试之后，将这些文学作品通过邮件先行发出。大约一个礼拜之后，他收到了"当面聊聊"的邀约。那些小说，并不是流行的种类，时常没有一个确定的故事，缠绕在一些灰暗而暧昧的情绪里，通过冗长的篇幅走向不知所终的深夜。他不知道这些东西混在一堆海报、软文、脚本里会达成什么样的效果——一般情况下，文案在作品里夹带小说，就像广告设计师在作品里夹带油画，都带着一种淡淡的尴尬。"不过，起码会让人觉得涉猎丰富吧。至少那些杂志的名称是确定而真实的，可以作为权威的参考。"说起来，这些文字作品终于不再让他觉得丢脸也不过是近来的事情。

　　Kevin面试时恰当地表达了他对于一个"作家"从事文案工作的期待。但他对于自己能不能满足对方的期望持悲观态度。工作总是充满着枷锁和陷坑的，更不自由，也更实际。前段时间到现在，他在写一篇关于治水和迁徙的小说，他虚构了一场蔓延整个国家东部的洪水。国家当然不是真实存在的，洪水也被他设定成了千年一遇的水准。他给自己设下这么大的麻烦，然后看着他所在的城市被洪水包围，主人公（通常其实就是他自己）看着城中越来越乱却毫无办法……然后他在这种毫无办法中感到兴奋。自己挖坑自己跳。他用小说中的毫无办法来反抗他对于生活的毫无办法。他不知道这么干的意义在哪里，然而却又乐此不疲。

就在这个时候，他找到了这份新工作，这让他的小说进度暂时停了下来，然而他并不为此烦心。虚构的洪水尚且无边无际，停留在他睡去又醒来的间隙，谁知道它何时泛滥又何时消逝。而新工作是不一样的，冰冷的沉默的水泥建筑，面无表情的同事，一望无际的格子间，投身其中仿佛随时可以隐身，那才是一个真正的美丽新世界。新世界的钥匙，便是高而胖的Kevin老师。

Kevin老师，他发现同事们都这么叫他。一半以上的原因是现在发型师都爱用这个名字，倘若一个广告公司的客户总监不幸也使用了，那么他就会变成大家午休时刻消闲的玩笑。

Kevin老师，Kevin桑麻，他经常看到Jason、Sally或是其他一些他尚且叫不出名字的同事这么招呼他，跟他预约一次永远不会进行的美发，以此抵消日常上班的无聊。然后他发现自己同样起错了英文名字，等他意识过来的时候，HR已经把新人欢迎邮件发给了全公司。

Kevin不再请客午饭的日子里，组里的四五个人会一起搭伙吃，他加入了进去。十二点半，他们会占据一个玻璃房子会议室，把外卖摊开。然后他发现有从门口走过的同事言笑晏晏，指指点点，"Kevin&Tony"，哈哈哈哈。更熟悉一些的同事为了这个无聊的玩笑还会专门走进来，"哈哈哈哈，招一个Tony来公司，一定是Kevin老师的阴谋。""所以你是因为这个名字才找到这份工作的。"他无奈地歪歪头，不咸不淡地赔笑。在玻璃房子里，大家总是在说笑，但事后想来，却常常仿佛是一片空白。大家确实都没有说过什么了不起的东西。都无聊极了。

再之后，这个服务饺子汤圆化妆品卫生巾客户的"快消组"莫名其妙地被称为了"美发组"。每天中午，美发组的Kevin老师、Tony老师、Jason老师，加上Sally老师，都坐在玻璃房子里，让公司的言谈围绕着他们，使气氛满溢、热烈。

承包办公室的笑料这件事，对于新人来说是不坏的选择。喜剧人物不论在哪里都是讨喜的，而且还有辨识度，很快他的名字便传遍了公司，这在无形中给工作带来了很多便利。晚上，他甚至开始考虑在治水的小说里也加入这

样一个角色。在他的设想中，这个角色应该有一个坎坷而
热闹的童年，只有父亲没有母亲，爷爷爱好曲艺，整天守
着收音机听袁阔成，"树荫下纳凉时的评书"成为他幼年
喜剧细胞的诞生启蒙，他中学时曾经登台表演相声，手指
灵活，腰肢柔软，跳舞弹琴什么的一接触便可上手，而且
舌头可以舔到鼻尖，能轻易地模仿市面上知名的笑星和政
治人物……

　　最先来叨扰他的并不是变速箱客户，而是卫生巾。入职
的第二天，他便跟随业务人员一起出发去了客户公司开会。
第一次会议并不需要他开口说话，他坐在会议桌的最远端，
也没有人介绍他。他远远地望着对面位置上的第一个男人，
那是个中年台湾人，是最大的领导，正在侃侃而谈。

　　"你们鸡不鸡道，我们在台湾回收了20年卫生巾？关
于女性经血下渗的路径，我比任何人都要清楚！"
　　"鸡道，鸡道。"Kevin老师频频点头。
　　"这次你们的东西做得太差了，我觉得你们需要更深
刻的消费者体验，从今天开始，我要像要求内部员工那样
要求你们，每月一次，你们在内裤里贴上沾满了水的卫
生巾——以体验女性经期的痛苦。这样你们才做得好营
销！"他大手一挥，空气中掠过不知名的气流和风。Kevin
像向日葵那样，再次频频点头。

　　回程的路上，他充满疑虑地问："真的要这么干吗？

我是说，在内裤里贴卫生巾这件事。这样跟广告做得好还是不好有关系吗？"

"要啊，但能不能做好，我也不知道，不过客户给钱了啊，给钱了我们就不会多想——哪个方向有钱，我们就往哪个方向想。"Kevin说，"不这么想的人，已经都被淘汰了。"

这是他在大马戏学到的第一条真理。他不想被淘汰，受此启发，在回程的路上，他为那篇关于洪水的小说写下了一个崭新的开头。

02 凯文书

午饭时，刚到公司两个月的Tony宣布，他认识了新的姑娘，这是最近唯一值得兴奋的事儿。姑娘是在酒吧认识的，要知道，酒吧的姑娘常常都热情得像消防栓，热量和音量严重超标，我没有想到，看似瘦弱而清淡的他居然有这么好的胃口。此事值得拿出来讨论的点在于，一夜春风之后姑娘把高跟鞋忘在他家了。那是一双Jimmy Choo，Tony电话过去："喂，你的鞋子忘在这里了。"电话里姑娘愣神了一下："你能不能快递给我？"

一般情况下，这就是没有后续的意思了，姑娘不肯再见面。要知道，一夜倾情之后的再会，因为一双浪漫的鞋子而约在秋日的街头，往往是新故事的开始。但是没有，故事戛然而止在前一天晚上。姑娘大约在电话那头懊恼，为什么会犯下这种错误？我甚至无法想起那个男生的面目了。

我们嘲笑着Tony，然而他脸上竟现出一种迷惘来，这是不常见的，或者我们可以认为那是认真的。但是不，我们不这么说，我们说"你掉沟里了"。经常在青年男女身上出现的这种迷惘，是当代日常生活里最常见的我最喜欢的闪光，它仿佛和楼道、办公桌、厕所间洒落的体液同一质地。Tony是我新招的文案，也是一个业余作家，我总觉得他是不同凡响之辈，然而我终于没有分辨出他此时的迷惘与我见过的他人有何不同，大概这就是所谓"男男女女的事情"。

Tony没有如约寄回高跟鞋。它像模像样地待在一个鞋盒里，鞋盒放在他办公桌底下的空隙里。黑色的漆，皮的质地，上面缀着漂亮的铆钉。"啊，Tony，买给谁的呀？"他正把它包起来的时候，我听见隔壁团队的Jolie高兴地问。Tony支吾着，赶快把鞋子藏好："给我妈买的。""噢哟，你妈妈这么潮啊……"Tony不胜其扰，我们则在边上憋着笑。但据说姑娘一直没有把地址发来，他便也没有去催。渐渐地，Jolie、Molly、Lily都不再问起，那双黑色的鞋子静静地藏在鞋盒里，鞋盒降落在桌子底下，像一艘神秘的飞船。

我能够看出Tony的心里有一缕一往无前的坚定，清晰而直接，他从不耽于幻想，也不会让机会白白溜走。他和我们说，他打定主意要再睡高跟鞋姑娘一趟，或者几趟，或者可以一直睡下去也说不定。

　　"这是我睡过的最棒的女人。"

　　"哪里棒？"

　　"脸不错，个头也高，穿高跟鞋就更挺拔了。腿和脚都很美……嗯，然而最美的是胸。"

　　"美在哪里？我是说，胸能好看成什么样子呢？像Rebecca那样？"（Sally老师顺手点了点一个经过窗外的大胸且穿抛胸装的女同事。）

　　"差远了。"

　　"噢哟，Rebecca不差的好伐，我和她一个健身房我看过的。"

　　"那你说说看，不要卖关子。"

　　"就是，都说品位差才看胸。品位好都看屁股的。"

　　"我的品位，你们还不相信？我轻易会说人的胸好看吗？"

　　"好了好了，快说快说。"

　　"你知道胸要好看，首先要看骨骼。这姑娘骨骼小，所以胸围不大，她整个人瘦长，故而肩膀细巧，锁骨漂亮。但一般这个体型的姑娘，长不出大的CUP，她则有D+。然后到了这个级别，还不下垂不外扩，很挺，乳尖微微上挑，像个形状完美的桃子。你别那个眼神……我知道你想说是假的，我摸了，绝对是真的。然后乳晕是粉色的，皮肤非常白嫩，总之完全是一对尤物。"

"听起来确实不错啊……"

"现在就想着能有后续。但是联系几次，都对我爱理不理的。"

"你表现得不好吗？"

"我会表现不好？不可能的。她当时也挺开心的，但不知道为什么事后不肯再见面。"

"继续去约，搞定了兄弟们陪你去验货。"

"你们验个毛线啊，不要瞎说。"

……

办公室里的话题总是转得特别快，那时我们还想不太明白，但现在我们都接受了。这个时代就是这样。然而再大的新闻也红不过三天。想必是Tony始终没有进展，或者是有了进展不说，故而美胸姑娘的话题很快便过去。直到几个月后的某天下午，"靠"，Tony在位子上发了一声喊，我们都听到了，扭过头来。人事刚发了新员工入职通知出来。Tony的电脑桌面上，有一张微笑而淡漠的脸。漂亮见仁见智，亮点是气质很好。"一个有着平胸气质的大胸妹"，Sally说。

是啊，世界太小了。美胸少女已经入职了。不过还好不在一层。但也没关系，我们乘着电梯，降下三层来到行政部门的区域，美胸少女便是新来的法务。然而她穿得相当多，我们得承认她很美丽，但我们无法看到她的车头灯。作为唯一试驾过她的幸运儿，Tony表现得很忧郁。
"你掉沟里了。"我们舔着干裂的嘴唇望着远处正襟危坐的法律少女，却再也找不到什么新词。

Tony的沦陷让我们惊讶。我得说，我们这帮人是了解女性的。起码比公司里服务饺子汤圆和变速箱的那帮人了解女性。而且我们是被迫的，这是服务卫生巾客户的工作需要。多年的经验让我知道，被迫的才是最深刻的。我们，一帮汉子，被卫生巾强暴了，因此而了解女性，我们得说："这感觉不错。"但你越了解这种每个月都要流血三升的生物，你就越不可能掉到沟里。

除了最上面的台湾大领导，我们日常对接的客户由一群和我们同龄，但可能没有性生活的暴躁少女和一名看不出年龄，但疑似绝经的难搞阿姨组成。每个礼拜一，她们坐在干净明亮的会议室里和我们开晨会，背后是描述"人类卫生巾历史演变"的巨型画幅，桌上堆着最新产品的小样儿，几台手机摊在桌上，运转着可能马上要上线的H5。她们总是充满爱意地、连珠炮般地挨个把我们骂过来。"你们做了这么久了，为什么连一个卫生巾的ICON都设计不好？""我们希望表现的产品卖点是会呼吸，但你们这个创意是什么？是要闷死用户吗？""昨天晚上我打电话给你，让你把产品在画面上往右移六个像素，为什么到现在还没有移好？你们的设计师是残疾了吗？"……诸如此类。我们满脸堆笑，插科打诨，舌头灵活得几乎要变成生殖器官，在这躁郁的空气里为着形而上的性爱奔走忙碌。她们的大老板曾经强令我们在内裤里黏上沾湿的卫生巾，以此体验"女性的痛苦"，进而获得真正的"insight"。但我们只是由此精确算出了她们每个人的月经周期，并且得出"一帮女的在一起混久了月经周期也会趋同"的无用科学结论。

我们挂在口头的话是"我们这么了解女人，还有什么女人我们搞不定呢"，仿佛我们每个人背后都应该有无数的女人在追逐，但是没有——除了我们带回大批新产品试用装的时候。女同事，就像蝗虫，她们飞过来，饺子、汤圆、化妆品、卫生巾……所过之处，寸草不生。她们摘走了我们好不容易坑来的各种货色，却总是忘记我们希望得到的体验报告。大会上公司讨论整体业务如何进行整合营销，最有才华的Tony老师站起来吐了一口槽："我们不用整合，天然就是一体，快消组不洋气，美发组太调侃，全部叫女性用品组就好。营销方案，主题口号，设计腔调，投放渠道，改都不用改，换换名字，不过全都一个意思：只要姑娘您高兴就好。"

法务的工作复杂吗？应该不。缘起是头些年我司在网上用了大批的免费图片做微博微信发布，直到今年有个莫名的图片公司跑出来，满世界起诉我们盗图。美胸的Jimmy Choo法务少女便是专门来处理此事的。我、Jason、Sally，瞒着Tony，每天午后三点，逡巡到法务部门口打秋风，聆听其心声，沐浴其体香，欣赏其美胸。无聊是一样无聊，并不比我们的工作内容更枯燥……我们得知她叫Penny，她把图片赔偿单价从5000砍到了1300，她有一条梵克雅宝的手链，那是一份法务的薪水offer不起的，她签字用蓝黑色墨水，她家可能住在打浦桥，她养了一条叫黑蛋的泰迪，她还没有男朋友但有不少备胎，她会进我们公司是因为她跟人事总监有共同的朋友……我们把这些信息转达给Tony，他大惊失色，表示不需要我们如此费心帮助。

　　一个公司总是躲不掉，Penny终于答应了与Tony一起午饭，算是初步有了炮友转正的意向。两人第一顿午饭吃"蓝蛙"西餐厅，Tony回来一句话也没说，我们逼问半晌，他说姑娘和他聊脱毛和瑜伽，一个人能吃掉一个蒙大拿……"怪不得欲望那么强。"我们面面相觑，朝他竖起大拇指。秋日越发盛大，Tony却眼看着人瘦了一圈，卫生巾客户Anna流着口水表扬Tony穿衣服越来越好看，我们则觉得他明显越来越和我们疏远。我们担心有一天整个Tony都会被Penny吃掉，因此组织了一次午餐约谈。

　　"不能重色轻友啊，Tony老师。"

　　"就是啊，周末踢球也不来了，麻将也不来了，小龙虾大闸蟹都不想了，你周末在家干吗啊？天天搞啊？累吗？"

　　"去死啊，你就知道搞，两个人在一起，事情很多的。"

　　"能有什么事儿，我们还不知道吗？就是觉得你这次掉得有点深，提醒一下你，不要到时候回不了头。"

但说说也就是说说，能有什么办法，Tony只是恋爱顺利，我们总不见得去找老板投诉。但事情的发展出乎了所有人的意料，以一种不可预知的猛烈掠过了我们每个人的生活。

那是个礼拜五，熟悉大马戏的人都知道，每个月的最后一个礼拜五，乃是公司的宠物日。大约是午饭后吧，我们正在聊天，突然听到走廊里传来了密集的笑声，一场举司震惊的闹剧发生了。

"我是第一个出来的，我看到一只黑色的泰迪正在熟练地做着不可描述的动作，同事们围着它举着手机，有的在拍照，有的在拍视频，后来才发现，在它的身子下面，是一只英短蓝猫……"

"好像泰迪是Penny的，英短是Tony的。"

"猫和狗！猫和狗！这样也行吗？"

"视频你有伐？发我一个！"

"我应该分开它们的，但是我没来得及……"

"这是超越物种的真爱。你们不可以抹杀。"

"Penny和Tony好像是在一起的。"

"是的！我在附近的电影院遇到过他俩。"

"通知，出于安全和卫生的考虑，公司决定即日起暂停宠物日。"

视频传遍全公司之后，Tony和Penny似乎分手了，起码在公司再也看不到他们俩接触，然后Tony对二人之事绝口不提，我们追问再三，他只是脸上挂着神秘的微笑。那之前，我始终觉得Penny不可靠，不太适合Tony，但他陷得太深我拉不出来。然而这等不可言说的结局又让我不知如何是好，我只是默默担心他会跟我辞职，但是他终于还没有。

从此，他是一个有才华但又和我们保持距离的年轻人了，他不再耽于午饭和闲聊，工作热情暴涨——他为卫生巾客户的微信公众号虚拟出了19种人格。提案那天，台湾大老板也出现了，人格设定列表做在一份EXCEL里，台湾人说："那简直是一个奇迹。"伟大提案后，我去Tony的位子找他商量下一步执行计划，并想告诉他我会给他加点儿薪水，然而边上的Jason说他去抽烟了，我低头扫了一眼他亮着的屏幕，看到了一篇名叫"洪水"的小说的开头。

洪水蔓延了十二年之后终于退去，他的城、他的国已烟消云散，他不知道自己还能去哪儿。过去的城里有腰肢细软胸部高耸的姑娘，有仗剑出行轻财好义的少年，官员们走在路上不敢大声说话，穷人们也有一碗榆钱饭吃。阳春三月里，微风一吹，天上就会飘下细细的雨珠。如今的一切尽成灰烬。京畿尽是黄土和沙尘，胜利的野蛮人骑着骏马在官道上南下，他突然觉得人生已经途穷。过去心如死灰之际，他总能在最后一刻奋发，鼓起重新生活的勇气，给永恒的虚无漂亮一击，但当此时，他突然感受不到胸腔里还有什么东西在跳动。他眯着眼，东想西想，只得滚下马来，靠着路边整齐的行道树，不知所措。他知道自己不能停留太久。盘查的野蛮人，随时会到来。

然而远处的马蹄声使他警觉，天边有烟尘渐次扬起，他弹坐了起来，一股悲壮从胸中生出，洪水刚刚到来那一天的回忆突然变得清晰——仿佛触手可及那样在他脑海里一帧一帧掠过。他看到自己远道而来临危受命，身处城主府的会客厅，烛台高照，烟雾缭绕，尊贵的城主大人严肃地坐在对面，侍女们抱着猫狗站在两侧，一字一句和他说着全城迁徙的安排，希望他能够给出完善的计划，大人目光凛凛，满含期待，高而胖的身躯岿然不动，他的胸中不知为何燃起熊熊烈火，如果此刻洪水灌入城中，只要有用的话，他又何惜此生……黄金时代总会过去，永无止境的只有战斗，如果能赢他就要继续赢下去，人世是荒谬的，但故事可以充满意义，灰烬里总会传出新的灵魂，拍拍手就能起死回生。

我必须得说，看完之后我感到很开心。为Tony&Penny，为英短和泰迪，为那场退去的洪水，为所有这些好像跟我没有半点关系的秘密。

芳香之时

　　人们都说临近高架的地方风水不好，具体怎么不好我很感兴趣，因此有人再次在公司提起的时候，我追问了下去。具体说来就是，房子建筑的地方不能正对着高架，这样高架上的"煞气"就会直接冲进来。化解的办法是在建房时记得和高架错开一个角度，如果没有做这一步，就得在房间正对高架的地方做风水。我们公司风水先生给出的建议是：在相应位置贴一些双手沾满鲜血的伟人像，为他们上供，这些伟人因其本身煞气也很重，所以可将外来的煞气挡回去。接着那同事带我去看会议室，果然看到绿色植物背后的一个角落里贴着希特勒、拿破仑，以及一些不可描述的名字的画像，画像前面有个小小的香炉，香炉里有显然是今天刚上的香。这里香气弥漫，犹如仙境，然而那味道不甚高雅，倒显得有几分滑稽，引得我只想发笑。进而我发现那香味中有一股杂质，看到角落洒洒的烟灰我才意识到，这里因为有香烛的掩盖，变成了烟鬼同事们跑来抽烟的地方。那时上海尚没有禁烟，但是在办公室里抽烟也是很不招人待见的，我们这个单位离楼梯间有点远，很多同事不高兴过去，倒是这个大会会室，因为太大而不常用，被借来过瘾。此日之后，我便也加入了这个组织，男同事们会在上班的间隙拍拍我的肩膀，说，走，抽一根去。然后我们便三三两两来到这里，对着这些双手沾满人类鲜血的刽子手吞云吐雾。抽完之后，我们有时甚至还给他们上一支香，因为在这里抽烟从没被行政部发现，后来就觉得他们不是煞神，倒是保佑我们的烟神。但时间一天天过去，不知道是不是上海发展太快，高架上车流增多煞气增大，我们发现这个角落里供的煞神越来越多，香炉越来越大，而随之到来的是，公司的生意越来越不好。我们公司当年靠着承办在上海举办的一个大型国际会议起家，早些年听说挺风光，但发展到现在一直没有取得过新突破。这几年互联网广告兴起，我们变成了无聊的传统行业，客户对我们的脸色越来越差，越来越嫌弃。其实我们核心团队都在，提供的服务并无变化，然而走下坡路的感觉笼罩着每一个人。在那个对着高架的角落放再多的老人头也无法改变颓势了，但糟心的是，我还不能辞职。

我刚买了个房子，在今年年初的时候。我租了两年这套一室户，房东姓盖，去年年底要求我提前搬走，因为"在海外读书的儿子要回来了"。但与他斗智斗勇两年，我太了解他了，可以说他一撅屁股我就知道他要拉什么屎，他就是想卖房了。这套一室户不贵，我也住习惯了，过年和爸妈商量了一下就买了下来。现在我每个月一半的收入都要用来还贷。房东决定把房卖给我以后，再也没有提过他儿子要回来的事情，仿佛他从来都不曾有过一个在国外的儿子——在上海的倒是有一个，我们谈事情的时候曾约在一个咖啡馆，出来的时候一个宅男模样的小青年开着奔驰R300来接他们夫妇，他们叫他"伟伟"，伟伟用上海话叫爷娘，唔，那绝不是一个可以在国外留学的类型。看来，房东为了把房子卖给我，还是花了些心思的。说真的，这种老小区老公房的顶楼真的很难卖，没有电梯，水压过低，外墙渗水，除了我这种不讲究的小青年，他们选择不多。我租房子的时候，并不会用到楼下的601信箱。这个信箱，盖先生每周自己来开一次，但现在房子卖给我了信箱钥匙便也移交了。我孑然一身在上海，是个没有人给我写信的孤魂，故而没有查信箱的习惯，直到有一天，发现那个信箱里的东西已经掉了出来，我这才上楼翻钥匙，手脚并用地把一大堆花花绿绿的纸带了回去。带回去那天我也没有翻看，又过了一个月，我觉得台子实在太乱，下决心清理的时候才翻开了那叠纸。有免费的老年报纸，水电煤账单，大卖场广告，卫星电视广告，还有些家政服务的卡片。水电煤的账单我早早用付费通交掉了，因此这些都是废物——只一个东西有点意思，那是盖先生的三份信用卡账单。我看了看，打算还给他。我给他发了个消息，问他要地址，说可以寄送给他，也提醒他要换账单地址。但没想到的是他一直没有回复我。等了一个礼拜，我很不情愿地给他打了个电话过去，发现手机已经是空号。我愣然了。卖房子给我的人，手机变成空号，这代表着什么呢？我并不是一个社会经验非常丰富的人。我和朋友一起聊了一下这个事儿。"他是不是觉得你买他房子吃亏了，后面会找他麻烦啊？""我觉得这个可能最大。但是也没道理，我住了两年了，这房子啥问题，我一清二楚。""那就是买卖过程中你把他得罪了。你这个人情商一贯很低，得罪人而不自知。""去你妈的。"但无论如何讨论，我已经联系不上盖先生了，上海这么大，我突然发现这个一米八的中老年高个男人就这么不见了。盖先生是个相当醒目的中老年人，五十多岁，相貌堂堂，脸总是红彤彤的，声若洪钟，粗糙直接，喜欢说"册那"。我有一种不正确的见解是，高个子都不长寿，比如高个子老头和老太太都比较少见，我有时会想，盖先生是不是过世了啊，但后来又觉得不是，因为账单还在持续不断地寄过来。既然联系不上他，我便也没有了什么顾忌，有个星期六的中午，我刚起床，坐着喝水的时候就把这些信用卡账单都拆开了。拆开的时候我还是有些负罪感的，因为我说我联系不上盖先生，还是有些不负责任，如果我真想找，我可以找我们的房屋中介，或者去房地产交易中心查询，但我并没有这么做，我觉得麻烦，搞得我好像欠他什么一样。实际上，刚刚起床之后我去洗澡，花洒像得了前列腺炎，只能流出一股小手指那么粗的水流，水流落在我身上怎么都冲不去滑腻腻的肥皂泡沫，这让我想起了这套房子永远不能改善的水压状况，心头一阵火起。于是从洗手间出来，我就拆了他的账单。拆了以后我就后悔了，因为我发现盖先生比我有钱多了，他的信用卡额度有十万块，他每个月都在花钱，这太刺激人了。我坐下来喝着水慢慢看，我这个人一般只喝凉水，不一会儿工夫我就觉得自己浑身冰凉。盖先生每个月在吃饭上要花掉五万块，这是信用卡账单上反馈出来的，他几乎每天都会去同一个海鲜酒楼，一顿花掉近一千块，或者更多，偶尔还有超过三千块的，应该是宴请他人。标注着贸易公司的商户该是卖服饰鞋包的，有一个月，他一下子刷掉五万块，不知道买了个什么东西，可能是套西装，也可能是包，我上网搜了那个公司的名字，发现人家是代理菲拉格慕的，那是我那时想也不敢想的大牌，我回想他和我谈房屋买卖时的打扮，觉得也没有什么过人之处——但以我之陋也晓得，越是这样可能他身上的东西就越有价钱。标注着娱乐有限公司的消费，我认为是K房，但也不能确认，这些消费一般一万块左右，数量不多。这张卡看起来就是应对这些吃喝玩乐开支的，除了这些开支就是些账单分期的循环利息，并无其他。我心里骂骂咧咧而又津津有味地看他的账单，意识到他在这个世界上我不知道的某个角落生活得很好，我也就放心了。

　　此事过去之后我并不在意，只是每日照常生活，只是一想到自己可能永远都不会像盖先生那么有钱，就一阵心如刀绞，进而开始为自己以后的职业生涯担心：如果我会有个职业生涯的话，我其实觉得我现在的工作都不算什么职业生涯，就是混吃等死。我那段时间悲观极了，觉得公司很快就要倒闭，我整饬了自己的简历，不断地在招聘网站上发送出去。后来一家位于静安区的公司叫我去面试，约了一大早，我上午跟原公司请了假就急急忙忙赶了过去。这个公司虽然在静安区，但是交通很不方便，因为那一块是上海人尽皆知的早高峰大堵车区域，我要是打车，估计得提前两个小时起床，但如果坐地铁，下来要走两公里。我最终还是选择了地铁。我没有想到的是两公里看着近，走起来却要这么久，我紧赶慢赶居然还是迟到了五分钟。我应聘业务岗位，这类公司都把时间观念看得很重——未来开会你总不能让客户等你吧？提前个十分钟二十分钟那是你的本分！所以我进去的时候就知道自己其实已经完蛋了。但我还是硬着头皮坚持到了面试结束。实际上随着面试的进行，我自己也放弃了，我得知这个公司即使是像我这样的业务人员也必须要打卡，这代表我要是来上班，每天早上都得这么走上两公里，喘得像条狗，然后迟到五分钟，按照他们的扣罚制度，最后我一个月应该只能拿到一半薪水。我已经买了房子，是不可能租到这附近来的。我垂头丧气地应付着我对面的面试官，一个胖乎乎的台湾女人，她显然也厌烦了我，很快，我们结束了谈话，我从这间公司回到了马路上。马路上阳光明媚，完全不给我任何伤感的机会，我本来请了一个上午的假，现在不到一个小时就出来了，我不知道自己该去哪里，就这么在热闹的马路上晃荡。没走多远，我突然看到了一个有点熟悉的招牌，HY海鲜，我愣了一下，马上意识到这就是我经常在盖先生的账单上看到的那个名字，我乐了，这不是正无聊呢嘛，海鲜酒楼这个点儿有早茶和点心，价格也不贵，我没有多想，一头扎了进去。这家HY海鲜的门脸儿和上海一般的本帮菜馆差不多，并没有弄成很豪华的样子，想来是因为静安区地价太贵，但进去以后发现，里面仍旧是海鲜酒楼那种灯火辉煌的劲头。一楼迎面就摆着一辆复古的劳斯莱斯轿车做展示，靠西边是海鲜池，餐位都在二楼，穿着黑色制服的男男女女在高声招呼。真气派啊，我战战兢兢地走到二楼坐下，强自镇定，扫视压在玻璃底下的点心单子，看了一眼价格，松了口气。调节好呼吸以后，我叫了一份艇仔粥，一份叉烧包，一份豉汁凤爪，甜品叫了榴莲酥。等菜的光景，我抬头打量四周。来吃早饭的人不多，显得空荡荡的。这会儿大家都忙着上班，我倒突然变成了一个闲人。吃完早茶后我迅速就走了，唯一留下的印象是，榴莲酥热腾腾的，很好吃。那股香味儿让我记住了好久。

这世上的东西很多都可以重现，过去是文字，后来有录音，影像。但唯一无法重现的，其实是气味儿。意识到这一点是在六岁的时候。我记得很清楚，我正上学前班，还没有读一年级。在学前班我认识了一个叫王琪的女孩子，她妈妈是县医院的大夫。王琪是个漂亮的小姑娘，她是我同桌，对我也很友好，我们天天一起玩，大人们看着我们，总是露出暧昧的笑。那时我还不知道，王琪没有父亲，只有妈妈。我父母那时候很忙，有天中午就没有办法来接我，早上说好了，让我自己中午放学了去外婆家吃饭。我是个两岁半第一天上幼儿园就能自己走两公里回家的怪小孩儿，所以他们早就对我没什么担心啦。但我真的是不想吃外婆家的饭，我外婆的厨艺不佳，我外公是餐厅的大厨，就把自己老婆的厨艺彻底给荒废了。可外公祸祸了外婆以后，自己却早早过世，害得我们只能吃外婆烧的不能下咽的饭菜。人们说菜烧得好是要天分的，但我觉得菜能烧得特别难吃也是天分，比如我外婆，她焗出来的羊蹄儿总是带毛，腥臭味也挥之不去。因此我和王琪打了招呼，等到中午她妈妈来接她的时候，我就乐呵呵地跟着一起走了。她坐在车把上，我坐在后车座上，她妈妈车技不错，一路平平稳稳地把我们带到了县医院的食堂。县医院的饭菜，那叫一个没的说，吃完之后，她妈妈顾不上管我们，自己去忙，我和王琪在她办公室应对着护士们的调戏，最后护士也忙了起来，我们就开始了自由的瞎逛。于是就听见了我永远也忘不了的那种呻吟声。它使我和王琪在厚厚的布帘子后面停了下来，边上是医院急诊室门口的大窗户，窗棂漆成橘黄色，阳光昏暗而暧昧地透进来。后来我知道那绝不是一种正常状态下人能够发出的声音。最后我决定把布帘子拉开，和王琪一起钻了进去，我们俩都很矮，忙着抢救的医生护士没有看到我们。一个血淋淋的人躺在担架上，我们不知道他怎么了，也许是车祸，也许是刀伤，血流得非常厉害，从担架上滴下来。那个场景，我可以描述得非常清楚，如果我像现在的小孩儿一样有手机，我也可以拍给你们看，告诉你哪个是前面给我们糖的护士，哪个是王琪妈妈，那个被抢救的人扭头时似乎能看到我们，但他的眼珠昏黄，像某种绝望的牲畜，却偏偏已不像人类。我也记得那些声音，护士们急促交谈，王琪妈妈严厉地呵斥，医疗器械叮叮当当的响声，桌上的电话一会儿响一会儿停但没有人去接，交谈的字词里有拖拉机、悬崖、农田、小孩儿……但没有人能串起完整的句子。我想说，这些我都能跟你说清楚。但是当时给我最大震撼的，我唯独无法准确重现的，是气味，那种浓烈的血腥味，简单，清晰，扑面而来，特别直接，一下子占满了我的鼻腔，口腔，然后是整个身体，我一下子就觉得什么都明白了，一下子就觉得自己不是小孩儿了，这让我站在那里一动也不能动。王琪站在我身后，没有发出什么声音。我已经忘记她了。

后面的事情已不重要。重要的是，许多年过去，我记得的只是这种气味。我也再没有感受到过那种剧烈的血腥，但我确确实实变成了一个对气味敏感的人。有独特气味的事物，经由鼻腔、口腔，进而氤氲到我整个内里，形成深深的印记。我得说，HY海鲜的榴莲酥便是这种事物。它滚烫，浓醇，像个火球，让我屏息凝神，卷着舌头吞下，仿佛一千颗糖炒栗子修炼成丹，最后变成一口烘山芋，一千口烘山芋凝聚成膏，最后变成一口榴莲，裹酥皮，下火海，在我胃里寿终正寝。大学时我修林产化工，老教授带我们在烟雾缭绕的实验室热熔松香，挥舞着沾满渣渣的手指跟我们解释芳香的含义，慢腾腾地说，这世上没有臭，只取决于你如何稀释香。在HY海鲜吃了这顿早茶之后的日子都很灰暗，因为我们公司的生意更差了。要知道，我参加完面试又吃了一顿早茶再进公司，公司居然还有至少一半的员工没有到岗上班，这样的公司生意会好才是奇迹。没多久，和我一起去大会议室风水角抽烟的同事们就陆续被裁员了，我觉得那里不止有煞气，可能还有晦气，便再也不去那个地方。而裁员没裁到我，我完全想不出来为什么公司还觉得我有用，只是继续不断地找着工作。一种惶恐抓住了我，离家在二十公里以上的公司我也愿意去试了。那段时间，我在面试时最喜欢说的话是"没问题"。"我看你的住址离公司比较远，我们要执行打卡制度的，有没有问题？""没问题。""我们能提供的薪资离你的期望还有一点差距，有没有问题？""没问题。""我们比较忙，可能周末也会加班，有没有问题？""啊，没问题，我没有爱好，我最喜欢工作了。"总之就是焦虑到了这样一种地步。

大约那年十一假期刚过，入秋的时候吧，我像朽坏的树木那样，都开始掉头发，晚上睡不着觉了。万幸的是，熬完了一个一点也不开心的长假之后，我终于收到了一家新公司的offer，便是那家说周末总是加班的公司。我感觉自己确实没有爱好，唯一的爱好不过是周六坐在桌子前喝水，叹气，看盖先生的卡账，再叹气。这样的状态，还不如加加班，因此马上接受了他们的条件。离入职还有一段时间，我把这段时间全部用来焦虑脱发了，那时我才二十六岁，脱发这个事情让我很沮丧，我甚至能闻到自己头上散发出的油脂味道——我一点也不指望别人相信这是无法稀释的芳香，于是我在网上查各种生发的办法。有人建议一天洗两次，有人建议两天洗一次，有人建议用啤酒，有人建议用红茶，还有人建议用我最讨厌的生姜抹头皮……那时史云逊的代言人还是陈豪，我甚至考虑了去植发，这么折腾了一大圈之后我想了一个最简单的办法。我换了个理发店，把头发剃成了薄薄的圆寸。这简直是我一生中做得最正确的决定，一劳永逸地解决了头发稀疏的问题：过去你们说我头发少，现在我主动把它变少。

剪成圆寸入职新公司的时候，招聘我的部门领导差点没有认出来我，他看着我，咽了一口水，愣了三秒，说，挺好，新气象，从头开始嘛。然后他带着我熟悉新公司，他没有介绍新同事跟我认识，先把我拉到了楼梯间，说，你平时可以到这里抽烟。然后又把我拉去了厕所间，说，以后挨骂了可以来这里哭，不过，公司不让在位子上睡觉，我困的时候，会到厕所间坐在马桶上睡一觉。那得多难受啊？我说。他看了我一眼说，小朋友，看来你对你未来工作的艰巨性认识不足啊。这家公司在徐汇靠近闵行的一个科技园区里，外面的马路破破烂烂，大楼倒是挺新，外墙有玻璃，晚上还亮灯，老远就能看见。现在终于可以称它为"我们公司"了。我们公司是做手机代工的，非常赚钱。然后这两年，工厂开到非洲，人数超过五万以后，老板开始觉得自己可以甩开那些所谓的"大牌"，自己做一个"民族手机品牌",于是分部开到上海,组建品牌策划中心,我便成了他搭建的团队里的一只小喽啰。和我一样的小喽啰有三个,我们分管品牌、公关、媒介,看起来气势汹汹,但一顿午饭后,我们摸清了彼此的底细。我么,不用提了,本来是一个研究中大型会议上怎么接待国企领导的活动策划,因原公司管理不善濒临倒闭被迫转职,因为答应可以周末加班被招了进来,因为写过领导发言稿,被上峰误以为可以做品牌;一个女生,叫刘静的,据她说以前是个台湾公司的前台,但被用得像台湾老板的自家保姆,自称日常工作是帮老板采购礼品,管理阿姨和司机,她因为特别能说,又是上海人,被安排管公关;管媒介的男生是个高大的胖子,叫黄平,立信毕业,某四大做了一年,说是"累得不行,先找个工作过渡,以后要出国"。公司里除了我们全是销售员和奇怪的技术员,要么穿着中介牌西服,要么穿着张江牌衬衫(虽然这里不是张江),每天中午挂着胸卡去二楼餐厅排队吃盒饭,用的手机都是公司发的安卓,他们人都不坏,但明显和我们三个不是一路,我们只好混在一起自谋生机。公司餐厅是肯定不去的,刘静把那里的饭菜说成是猪食,说吃了会变成猪,只会坐在桌子前口吐白沫。她带着我和黄平去附近的居民区吃小餐馆,其实就是那种菜场餐馆,沙县、兰州拉面、千里香馄饨、川湘家常菜,吃完之后刘静去买奶茶,我和黄平在边上看她,入职两个月,黄平偷偷跟我说,我觉得刘静比我刚进来的时候又胖了一圈。是啊,公司太养人了。我感叹道。说好的周末加班一次也没有,管我们三个的小头头总是去深圳总部开会，一个星期见不到一次，除了关于厕所和楼梯间的评论之外，他也再没有给过我们更多指示。我们上班下班按时打卡，倒是把附近的店吃了一个遍。那刘静，好姑娘，是个非常会吃的人，在她的带领下，我们不断扩大着我们的午餐范围，并且什么东西好吃她都一清二楚，她告诉我们这都是给台湾人干活的时候积累的经验。我寻思台湾人来上海不是做生意的吗，怎么净琢磨吃了？公司中午外出午饭不用打卡，老板也不在，我们没人管，后来刘静就带着我们越跑越远，我们坐着地铁，一站一站吃过去，那个劲头现在想想会觉得有点恶心，但当时真的是乐在其中。然后为了表示自己不是对这个群体毫无经验，我贡献了自己最喜欢的那家店，HY海鲜，榴莲酥非常之棒呢，我和他们说。他们从遥远的徐汇南跟着我一起坐地铁往静安区进发，就为了一份榴莲酥，黄平仍是一副不动声色的模样，刘静则喋喋不休，不时兴奋地扭动着越发丰满的身体，有时她抓着地铁车厢的吊环，让人几乎要担心她会把它拉断。当然我也不敢说出来，不然就得忍受被她反过来吐槽一个礼拜的痛苦。因为刘静在，去HY就肯定不会只吃榴莲酥，她虽然没有来过HY，但显然去过别的海鲜酒楼，她对这种地方如何点餐显得了如指掌，细致地规划了三个人的菜量，做好了建议，然后我们一起坐着等上菜。我们到的时候差不多午后一点半了，吃饭的人已经走了不少，刘静打量着四周说，真想不到这么市中心的地方还有这样大的海鲜酒楼，你是怎么发现的？我说，说起来也很好笑，是我的前房东介绍给我的。她说，你跟房东还吃饭的吗？我想了一下，觉得说自己拆别人信用卡账单还是不太光彩，于是撒谎说，我买了他的房子，最后的敲定是在这里谈的。啊，你已经买房子了啊。刘静惊呼道。我害羞地点点头，没有说话。黄平说，榴莲酥怎么还不来，饿死了。刘静跟着说，是啊是啊，饿死我了。后来这顿饭，一气吃到了下午三点，榴莲酥，刘静一个人吃了两例，又打包了一例，要带去给室友吃。这里的榴莲酥确实好吃，可惜不能常来。在地铁上，她感叹着说，手里紧紧捏着打包袋，几乎要打一个嗝儿出来。刘静经常提起她有一个室友，但我们不敢问，因为一问她就会把自己室友祖宗十八代的事情全部告诉我们，我和黄平是有觉悟的，我们知道这个女人是个大嘴巴，刚入职没多久，我们连我们领导有几个疑似"小三"、他家的狗前不久刚阉割过、他有个婶娘在国外这样的事情都知道了，全是刘静说的。但这天不知道黄平是不是吃饱了实在无聊，抑或是吃到大脑缺氧，居然顺口说了一句，你对你室友真好啊。于是刘静在回程的地铁上跟我们介绍了一路她对她的室友有多好。刘静说，哎呀呀你们不要嫌弃我们天秤座，我们天秤座虽然啰唆但是我们心肠都很好的，我吃东西都记得我室友的，我都给她带一份的，而且我们租住在一起，什么事情都是我在操心，交水电煤就不用讲了，家里灯泡坏了都是我换的。刘静说一说会稍微停一停，但是即使我们不接话，她也会自己接着说下去。我因此知道了她的室友和她同姓，叫刘芸，是四川人，严格来说，是重庆人，和她大学同班，目前在一家金融公司上班，职业和她之前一样，也是前台，但是比起她要高级得多，因为做"金融公司的前台有外语要求"。刘静把自己的室友卖了个干干净净，以至于后来某天午饭，刘芸加入我们的时候，我和黄平对她完全没有陌生感，都觉得认识她很久了。而更可怕的是，我们觉得刘芸也是这么觉得的，不禁不寒而栗。天知道刘静是怎么跟刘芸形容我们俩的。一高一矮，一胖一瘦，像《鹿鼎记》里的胖瘦头陀，刘静专门指着高胖的黄平说，他是瘦头陀，又指着我说，他是胖头陀，然后照例把《鹿鼎记》的烂梗再说一遍。一定是这样，这也是为什么刘芸看到我俩站起来跟她打招呼就一下子笑了出来。

你们没有想错，没错，见刘芸，就是因为我们的午饭范围已经从徐汇的西南部边界扩展到了陆家嘴。我们把去陆家嘴、南京西路这样的地方吃饭叫"进城"。在刘静"进城啦"的欢呼声中，我们和刘芸一起在国金里吃了个饭，最后的单还是刘芸买的，她表示要尽一下地主之谊，"毕竟你们跑那么远过来"。我则看着穿职业装、光彩照人的刘芸自惭形秽，时时反思我为什么就进不到一家正经点的公司。前一家公司老板不好好做生意，就知道在会议室折腾风水，这一家产值都上亿了，招我们一堆"废柴"过来却不给实际的活儿干，每天工作最大的问题就是"今天去哪里午餐"。我们带着这个问题，可以说是走遍了上海市区的大街小巷，吃遍了苍蝇馆子、网红小吃，觉得食品卫生管理监督局的官员也没有我们这么勤政。我们这么能折腾，还是要感谢刘静，她是第一推动、第一策划人，我觉得黄平不适合做媒介传播，黄平也觉得我根本不懂品牌规划，但我们一致认为，刘静是个好公关。她长于鼓动、算钱、砍价，跟各路陌生人瞎聊，还帮我一起欺骗老板。经常在午饭时这么胡吃海喝，我们竟没有破产，也都是她规划得好。三个人吃饭，什么菜都能吃到，而且也不会浪费，一顿饭下来，均摊的费用也不高。刘静是不少店的VIP，还有一张印着hellokitty的信用卡，也总是关注打折信息，她实在是个城市好生活的活地图。我们老板如果有一个地方没有做错，那便是招聘了她。说起来，我们入职快一年了，我天天捣鼓PPT，刘静天天打电话，黄平则对着EXCEL平怎么也平不了的媒体欠账，感叹自己要改名叫黄不平。那会儿我们都在浪费自己的人生，却觉得自己一定会有光明的前途。我管的品牌规划，因为什么也定不了，所以所有的设计都只能放在PPT里，然后这个PPT已经改到了260版，我觉得我仍将继续改下去。刘静的工作就是跟各路科技媒体的老师打电话，商讨说："X老师我们公司要是在明年搞个发布会您会不会来参加呀？"这样的电话打了500个，媒体老师还愿意听完全是因为她话密到让人家挂也挂不断。黄平改叫黄不平以后，经常在有媒体上门催款的时候消失，有一天我们怎么也联系不上他，后来发现他真的躲在公司洗手间的隔间里，并且真的坐在马桶上睡着了。然而他这么听老板的话也并没有得到升职。我们时常感慨，我们的运气还是不错的，进了一家看起来在我们有生之年都不会倒闭的公司——即使中国的工厂倒闭了，最后我们还可以去非洲，据说非洲人才刚用上手机呢。我跟他们俩说了我前一家公司的惨状，刘静感叹"能进入像我们公司这样的朝阳产业真的是幸运，明天我带你们到人民广场吃新开的北京烤鸭店"。

我没有跟他们俩说的是，我有点看上刘芸了。刘芸真好看啊，过目不忘，穿着打扮也入时，真的不是我生活中会出现的女生。但她跟刘静住在一起，我觉得这就是我的机会。刘芸的味道应该是某种香水和粉底的混合，她那天从扶梯上了国金的三楼，稍稍出了些汗，在我对面坐下的时候，香味随着俯身一下子飘了过来，大片的血浆、外婆羊蹄、公司香火、榴莲酥、一千口烘山芋……在我脑中闪现，我觉得我有点上头。刘芸个头不高，留着短发，身材匀称，会开自己玩笑，说自己是霍比特人里的模特。我们都被她逗乐了，吃完饭，我找机会要了她QQ号。后面工作不忙的时候，我会找刘芸聊天，但我其实没有工作忙的时候，也就是说，那天吃饭之后，我一直在骚扰刘芸。刘芸比较忙，做金融公司的前台忙什么我完全不懂，想来绝不是接接电话那么简单，我只觉得，每天要花那么多工夫打扮自己的工作，一定是非常复杂的。她和我持续聊天的时候不多，但是我感觉到她不讨厌我。虽然会晚回，但从来不会不回。这么聊了一段时间以后，我就去找了刘静，比较明确地表明了自己的心意，也希望刘静给我一些建议和帮助。刘静表现得很开心，她说她觉得刘芸不讨厌我，但据她观察呢，刘芸一直是个有点心高气傲的人，但谁年轻的时候不心高气傲呢？刘静说这些话的时候活像个王婆，完全忽略了自己其实和刘芸是同年的。她还说，其实带我们俩去和刘芸一起吃饭，也是存了一点想撮合的心思，但黄平好像是有女朋友的，所以撮合的对象也就只剩下了我。我们都是直接的人，和刘静说了这一次以后，我心里有了点数，于是单独又跑去陆家嘴请刘芸吃了一顿晚饭。有刘静的餐厅建议打底，这顿饭吃得我们都很开心，也算是一个良好的开端。后面我再约刘芸单独出来，她都是答应的，这么约会了三四次以后，虽然没有明说，但我感觉我们应该已经算是男女朋友了。刘芸的性格很好，情商也挺高，听我说话总是咯咯咯笑个不停，还教我说重庆话，和她待在一起很开心。很快我们就睡在了一起，我开始知道真正的刘芸味儿，真的像云，又带着青草的香。人身上味道最重的地方是头发、腋窝、阴部，我总是在感情爆发的时候将鼻子深深埋在她的这些部位，我深深地喜欢着这些地方，这些东西。我跟她说起那摊血，说起同桌王琪，我的外婆，我的化学老师手中的松香块，我最最喜欢的榴莲酥，和前一家公司那些失败的香火……这样的时候，刘芸不再笑了，只是深深地呼吸着，发出悠长而响的喘息。后来她问我，你是因为我的味道喜欢我的咯？我说，可能是吧，也可能是因为你是霍比特人里的模特。她笑着打我，我则认真地想，如果真的有一个霍比特人模特，该是什么味道。想到时候，我可以将她举起来，像举起一个小女儿那样，让从橘黄色窗棂射进来的阳光照亮她的白而纤弱的身体。

我们是幸福而成功的情侣啊，真的得承认。我之前没有过深刻的恋爱，我们总为遇到彼此而欢喜，我们像是没有阻碍那样就修成了正果，结婚了。其实顺利的事情就是这样的吧，倒是不顺利的时候才有各种各样的借口。伴娘当然是老同事刘静，时间过去了那么久，刘静居然没有什么变化，她没有瘦，也没有变得更胖，她停在那样一个状态里，连皮肤也依旧散发着热爱生活的光。她可真有劲儿啊，我常常觉得她恶心，又常常觉得喜爱这个朋友。刘静在婚礼上说着俏皮话，还抢走了司仪的话筒，大爆我和刘芸的猛料。其实也没有什么猛料，她也就是模仿了我去找她打听刘芸的神态，模仿得惟妙惟肖，虽然有些无聊，但是对于一场朋友的婚礼来说，是非常足够了。黄平那时已经出国，和我们失去了联系，我和刘静还在同一家公司，我们公司的手机制造厂已经从非洲开到了巴西，但品牌仍旧是一塌糊涂。我早不管这个了，我写稿上位，被调去做了总裁助理，这个职位听着像跟班，但却比原来那个实在得多，我帮老板写的新闻稿发得满屏满纸，我也终于开始变得像一个成年人。那一年，我30岁。婚后刘芸搬进了我的小房子和我同居，我们也开始计划着存钱买更大的房子。刘芸个子小，倒是从来没有抱怨过我洗手间的水压小，也许她觉得那个水压刚刚好。信箱钥匙那时已经交给了刘芸，一个周六的下午，她从一堆信件里抽出一个信封说，盖凌源的信用卡账单还在寄过来噢。我们笑着坐下来，这么多年了，这个已经彻底变成陌生人的房东居然还在用这种方式表达着存在，真是锲而不舍啊。了不起的是银行吧？是啊，肯定是银行，靠人肉的话，坚持不了这么久。不觉得一直能记得你生日的也只有银行吗？是啊是啊。我点着头，拿起那个信封，没有拆，在手里晃荡着，对刘芸说，芸芸，你知道吗，我小时候电视上有个人叫张宝胜，说自己有特异功能，用鼻子闻一闻就能隔着信封知道信里写什么。刘芸说，那你知道里面写的是什么吗？我举起信封，闭起眼睛细细地闻着，说，嗯，这个老家伙，他又去HY海鲜吃榴莲酥了，他又去国金一楼买衣服了，他还去夜总会呢，也不担心一下自己的身体……啊，我真的闻到了，你信不信啊？刘芸说，我信呢。我睁开眼看着她，对她笑，就想起了我进幼儿园报名的当天，和父母失散了，我才两岁半，我的家在很远的地方，身边也没有一个人认识我，我就这么哭着走到校门口，看到一个大叔推着一辆三轮车，三轮车后面有个蒸笼，蒸笼里是热腾腾的牛血冻。他看着哭泣的我，就切了一块给我，我举着那块血堵在鼻子上，吃着哭着，哭着吃着。牛血有点腥，又热烘烘的，像刘芸身上的某个部位。我就这么走了两公里回家。我还看到，也不过又十年之后，我已变成一个留短发也遮不住秃头，春天总要流一次鼻血，刘芸在边上放屁我闻不出味道，半夜打鼾能把她惊醒的中年人，我们早就不亲热了，但我们的关系仍旧好得很。想想这些，我就伸手抱住了面前的这个女人，在此刻，在盖凌源先生留给我们的小屋子里，为那些已经逝去的芳香四溢的幻影，也为那些即将到来的狼狈不堪的日子。

彗星上的新年

最后一次回老家是什么时候？

三年前？四年前？不行，我已记不清。很多事我都忘了。

我打开手机万年历试图回忆，但心头马上袭来一阵厌恶和困倦。

罢了。这不重要。

重要的是今年我得回去。而且我打算开车回去。开我那辆已经很久没洗过的，躺在小区路边的黑色小破车。

为什么不坐火车或者飞机？

半年前我妈打电话，说老家遭遇了一场流星雨，这流星雨震惊世界。

"儿啊，很多陨石落在了我县河滩上。人们都在哄抢，我和你爸，还有你表嫂子，我们也去抢，抢到了好几块黑色大陨石。"我妈在电话里异常激动。我仿佛看到她涨红的脸。

"陨石？有什么用？"

"傻话，能卖钱的！这些陨石，你运到上海卖了好不好？"

"啊，好。"

我们都想发点财，全家人都想，穷了几辈子，穷太久，陨石也许能致富，起码改善一下生活也好。挂了电话，我在网上搜索陨石，发现果然很多人在倒卖这个东西，更有大型国际拍卖行参与。且不少闻名的拍卖行在上海都有办事处。看来把陨石运到上海来卖确实是个不错的主意。我被母亲折服。她没怎么出过县城却料事如神，这乃是智慧。

我把这事儿告诉我女朋友，她是个看过很多外国电影的文艺女青年，对于开车一路向西，在中国内陆穿行1500公里这件事，充满了不可救药的浪漫想象。我刚起了个头她就高潮了。

"开心！好棒！我们可以随便开，慢慢开，开到半路累了就停下来，看看风景……"

"春运啊，高速可能会堵车的……"

"我们多请点假出来，带多点吃的，我拿点CD我们路上听……"

"今年我们单位很忙，我怕是请不出多少假。"

"你怎么这么讨厌，你提前说嘛，现在才几月份。你看，我们路上会经过这么多没有去过的城市……"

我不敢再回话，只好用满含忧虑的眼神注视她，她说着说着，向天上飞起，最后消失在天花板里。

然而春节假期还是无可挽回地到来。尽管提前了一个月，我还是只额外请出了三天假。我开着小破车，把动不动就要上天的、嘟嘟嚷嚷的女朋友绑在副驾驶上，梦想着代表财富的陨石，踏上了回乡的旅程。

一段时间后，我给我爸打电话，说我们上路了，说我们大约得开上两天，说起家里的亲戚，说起陨石……我错了，我不应该说起陨石。仿佛死过去一样的女朋友在我刚提到陨石的瞬间就复活了。她对陨石充满兴趣，插话进来，要求先看看。于是我爸把陨石放在客厅地板上，用微信拍照发了过来。一共十几块，黑乎乎的像一堆煤。

我女朋友拿着手机，开始说蠢话。

"好黑。"

"是，陨石大部分都是铁。"

"好大。"

"废话，人家本来是星星好吗？"

"能卖多少钱？"

"不知道，总归不便宜，运来上海再说。"

"哎，你老家客厅地板砖的缝隙要清洗了，都黑了，我看着好难过，过年回去我帮你妈弄弄吧？"

"靠。"我知道她处女座病又犯了，我想起她撅着屁股在自家地板上擦地板砖缝隙的情景。我不再理她。

我女朋友骂骂咧咧的，说了一大串我没法听懂的东西。我想起我站在她身后，轻轻推她，直到她喘息着在地板上趴倒下来。

我女朋友虽然是处女座，但她跟我的时候已不是处女。我们是三年前认识的。当时我在一家新元素吃饭，我体重两百斤，为了减肥天天在新元素吃沙拉，吃得满脑袋青菜屎，不知道怎么的就和她搭讪了。她穿着小高跟，涂着红嘴唇，一看就是个小婊子，不过我也够呛，我们就这么绿油油地搞上了。

那是上海商城的新元素？也可能是港汇……我们在洗手间门口边洗手边聊天。她喜欢猫，仓鼠，兔子，张震，李宇春，漫威和普京，我喜欢狗，AV，足球，林志玲，钢铁侠和奥巴马。我们终于没有水火不容，是因为都喜欢抠脚，吃火锅，女上位。

感情爆发的时候我叫她妈，她说："爸，我要是处女就好了。"

我们死去活来，抱头痛哭，于是我们离结婚就只有一步之遥啦。

我这次带她回家，是要带她见父母，我们都是传统家庭的好孩子。如果父母也满意，回来上海，卖掉陨石，我们就可以结婚。可她不够矜持，太过热情，刚出上海就加了我爸的微信。

月光照在我们的挡风玻璃上，像暖和的银子。我推开天窗，我们正奔驰在安静的、空无一人的高速公路上。我女朋友，她站起来，拿着话筒，在我的副驾驶上唱起歌来。有那么几个瞬间，我觉得有这么一个女朋友也蛮好。然而大部分时间，我都想试试如果把绳子剪断让她干脆飞出去会怎么样。

我们已经离开上海，穿越江苏，到达安徽某个叫新桥的服务区。我把车停好，告诉女朋友我"累得不行，去给我买几罐红牛"。

江苏，安徽，在宋朝时是没有这种叫法的我想，两淮本是一家我想，知乎上说南京是安徽的省会其实是对的我想，我这么说读者又要骂我地域歧视了我想，安徽是安庆和徽州的合称吧我想，我到底还要开多久我女朋友为什么不会开车呢我想……我想着想着，就靠在椅背上睡着了。

然而没有红牛，我拽拽绳子，发现只有我女朋友哭着回来了。
　　"我觉得我们会遇到麻烦的。"
　　"红牛呢？什么麻烦？"

"红牛什么啊红牛，国家对于陨石这样的东西管制很严的，我们会被查处的。"

"我们还没到家呢，到家再说吧。"

"不行，得事先想好。我知道你从来不考虑这些事情，都是我在考虑，都是我在为我们的未来打算。你明明就是一个踩着西瓜皮溜到哪里是哪里的人！"

我一想这话题好像变得有些深刻，于是奋力应对："我考虑过的，谁说我没有考虑过？我们是私家车，路上没有人会查我们。另外踩西瓜皮什么的……（不是也不错吗？）"

"你怎么知道！我看到前面几个收费站都有警察，他们拿着个棍子，每个车都扫一下。"

"那是手电筒吧……"

"你不要再胡说八道了，什么手电筒，你有没有逻辑？你从来没有想过要解决问题，你都是在敷衍我！"

"那要么我们不带了？陨石就留在老家好了。又不是一定要卖陨石……"

"你早干吗去了？啊！我们车都开到安徽了（又不是你开），已经500公里了！你现在说不带了，你是在搞笑吗！天哪！早知道我们坐飞机了……"

我们果然就这么吵了起来。最后我解开绳子，我女朋友就飞走了。她说她要去合肥坐飞机，让我一个人开车滚回去。我如释重负，买了一箱红牛放在副驾驶，离开了新桥。

"女朋友这种东西，还不如一箱红牛。"我发完微博，又发朋友圈。很多人来点赞，评论，我统一回哭脸。因为我确实在哭。后面的一千公里，我一路以泪洗面。本以为路上打尖儿的时候有炮可以打，现在喝了一肚子红牛，还只能靠左右手，人生真是一个大写的惨。

我开着车，喝着红牛，打着飞机，过信阳的时候，我女朋友又有新花样。

我已有点喝醉，想，可算把你打下来了。

女朋友在飞机上给我发消息，说坐头等舱，很开心，旁边坐一个外国老头，白胡子白头发很慈祥，很开心，老头说自己在NASA工作……

"NASA？哪个NASA？"

"就那个NASA！"

她开心极了，仿佛完全不生气，也不再担心陨石被公安查。她说："老头答应收购我们的陨石。"

我说："那好吧，你带他一起来我家。"

大年三十下午，我到家的时候，我女朋友和那个白胡子老头站在我家巷口，我看着他长得像个新疆人而不是美国人，但还是点头向他致意："How do you do?"

大爷说："新年好，别啰唆，咱进门儿看陨石吧？"

"大爷你河南话咋比我还好呢？"

"我是NASA驻河南办事处的负责人，扎根中国二十年。"

"那敢情……好。"

然后就看着我爸我妈我表嫂子我表哥那么一大帮子人从巷子里涌出来，叽叽喳喳的，还有一大堆我叫不出名儿的小孩。我妈牵着其中一个拉到我面前说："新年好，快叫爹。"

我说："妈，他是我儿子？"

我妈说："你不记得了？这是你大前年回来，睡了左边南岗上的那个李小玲，也不跟俺们说，后来李小玲有身孕了，这不，你爸俺俩心疼孙子，就给接过来了。"

我说："好好好，看着挺像我。"然后转头跟我女朋友和NASA大爷说："屋里坐，屋里坐。"

我女朋友欢叫着抱起我儿子，冲进客厅："好开心啊，以后我不用自己生啦。"

一家人其乐融融地进了门儿，马上就进正题。我爸妈把陨石搬了出来。NASA大爷拿着放大镜照半天，说："这真是陨石，不假，而且这是彗星，还不是流星。"

我妈像我预料的那样涨红了脸："这个……彗星，你们出多少钱？"

"这个我要先拍照，拿回去评估，美国那边会给出具体价格的。我们NASA是很正规的机构，这需要一些时间，不介意的话，我在这里待几天，报价过来了再说。"

"行，那就这么定了，过年嘛，来的都是客，就住俺家吧。"

县里不常来外国人，我爸妈都很激动，给老头安排在了二楼客房。客房就在我跟我女朋友卧室对面。

我妈还神神叨叨地来问我："你和这个姑娘睡一间吧？"

我说那当然，我妈说："你这个坏蛋，毕竟还没过门。"我说："你走，不要你管。"

不跟我睡，跟老头睡吗？

晚上我和女朋友在被窝里耍流氓，我女朋友说："在飞机上，老头把我睡了呢。"

我说："是吗，爽不爽？"

我女朋友说："还行，老头还挺硬，看不出来。"

不过我女朋友又偏偏头，说："陨石能卖出好价钱就好了。"

"一定会的，别担心。跟着我，好日子还在后头呢。你不知道，我们这里现在年年下彗星，别处都没有，我们县被世界发现之前，全世界一年彗星的落地量才300颗，我们县问世以后，每年5000颗，国际市场都被搞乱了……"

"好了好了别吹了，你说过的……喂，老王，你不要一直往里顶，出来一点。"

眼看着陨石就要卖掉了，我和女朋友躺在床上想钱应该怎么花。这是我们最常有的真爱时刻：只要一起聊聊这个，我们就情比金坚。我们才不在乎陨石呢，就把它们给美国人好了，我们只要钱。有钱，就有一切。我们可以拿着钱，到处跟人睡觉，她多睡点男人，我多睡点女人，以后腻了，倒过来也可以。都有钱了，谁在乎呢？人生嘛，是不是这样？

我们打架骂人，我们吃喝玩乐，我们开车朝路的尽头奔去，累了就在路边停下，想请几天假就请几天假，一日看尽海上花……我女朋友那些奇奇怪怪的文艺梦想，我都可以帮她实现，比如，哪怕在我这个年纪陪她去看一场李宇春的演唱会，毕竟我这么老，她跟了我也不容易。

我女朋友哭，说："李宇春啊有没有？老王，我就知道咱俩是真爱。"我说："是吧，你说是就是。"

"老王，有钱可真好。"

"可不是，咱马上就要有钱了。"

初五了，迎财神，凌晨的鞭炮声把我们从梦中惊醒，我把女朋友放在肩上，去敲对面NASA大爷的门。大爷披着件军大衣，说："走，美国来消息了，咱们到楼顶去。"

远远地，一个巨大的火箭停在楼顶的平台上。这是老城区，房子都密匝匝的，楼顶连在一起。我想起火箭停着的地方是我中学时女朋友的家，我记得我从楼顶穿过去，她光着两条长腿在自家的葡萄藤底下等我。

大爷冲着火箭喊:"上回的账先和我结了中不中?这边陨石成色好,得预付。"

火箭上人回喊:"中,恁说咋办就咋办!"

我站在旁边热泪盈眶,说:"美国人就是诚信,就是仗义。怪不得国际上都这么说,怪不得人家生意做那么大。"

火箭上人又喊:"人过来坐上一起走吧,在这儿待着也没球意思。刚好火箭上还有空位儿。"

大爷说:"那走,咱们坐火箭走,捎你们一程,我们回休斯顿,正好从上海过。"

果然是真NASA啊,有没有?

我昏睡的女朋友这才在我肩上醒来,她骑在我的头上,腿夹着我的两腮垂落下来,我觉得自己后颈热乎乎的,心潮也开始澎湃,她拍打我的后臀,说:"老王,驾!驾!"

我四脚着地,一下子飞起来。"我们就要发财啦!"我女朋友尖细的南方普通话在这北方县城上空久久回荡。我觉得有些不好意思,又觉得似乎恰到好处。很快我们就和火箭并驾齐驱。地面上,我所有的亲人都出来了,还有我的小儿子,他那么亮,像一颗真正的星星。他们抬起头,指指点点,我看到我妈还跳了一下,就这会儿工夫,我们眼看要到上海,现在科技这么发达,他们在说什么,我已经永远无法深知。

神奇胡总在哪里

长隆也无非是这样。

热情的海报打满地铁，上面印着永远不会在现实生活中出现的人，让一切看起来像仙境。然而从白云机场出来打车过去，则将将要花去一个小时。路也很堵，专车司机的雪铁龙座椅太小，一路坐下来腰都要断了。这地方就真是仙境，他也已经没啥兴趣，况且并不是。专车司机一进园区就喋喋不休，说这里太坑爹，送人进来超过10分钟就要收20块停车费，弄得他们总是狼奔豕突不得悠然："靓仔你到时下车手脚要快一些……"

他望着这荒郊野外的一片树林，路牌分别指向动物园、马戏团和酒店。这里就是个广东人周末来农家乐的地方。

得出这个结论一点也不难。酒店里全是奔跑的熊孩子，爸爸爸爸那是个大象吗？爸爸爸爸那是个老虎吗？爸爸生无可恋地试图控制他。妈妈在不远处check in，情绪处于爆发边缘，一口广普愈发流利，感觉随时要跟酒店前台吵起来。酒店前台位于大堂正中，像故宫一样存在着。人们从四周围上前去。四个方向有四批服务人员，分别管着入住、退房、收银、礼宾。

他是来为胡总探路的。胡总，神奇汽车的副董事长，将在一天以后抵达这家酒店，参加一年一度的行业峰会论坛。胡总将发表一次重要讲话，讲话的内容事关中国汽车行业的前途命运。他受命将这份讲话变成一份幻灯片，与会务方的沟通也需要由他进行。神奇汽车是中国最大的汽车集团之一，也是他们公司最大的客户。他必须做好胡总的接待。在胡总秘书的建议下，他提前到达了广州。那个面容白净而疲惫的秘书是这么说的："啊，不，不，你不要和他同一航班，你得先过去，然后接他。他喜欢别人等他，而不是他等别人，你明白吗？"

明白，明白。那还有什么好说的呢？现在他拖着一箱行李站在这南方酒店炎热的大堂里。没有一丝风，明明是下午却又如此阴暗。他辨识着会务方留下的指示牌。临近年底，酒店承办的活动不止一场。那个伟大的论坛没能伟大到一眼就能找到。

一个扮成老虎的人走向他，问他要不要合影，并点点他胸口挂着的相机。他摇摇手，然后护住了镜头。胡总演讲的时候，需要这个镜头摄下他的飒爽英姿，用以微信公众号的发布。他问那只老虎，汽车行业峰会在哪里。他感觉到老虎在面具后面笑了一下，然后给他指了一个方向。

这间巨大的热带风情酒店有两个同样规模的大堂。穿过一条宽大的、白色砖石铺就的长廊，即可抵达另一个。长廊的两侧是高大的雕塑与植物，外面的院子里甚至有火烈鸟，是活的火烈鸟，开始他以为是假的，但它们在他经过时适时地扑腾了一下。这一切让他觉得自己正要去见法老。为了埃及人民的解放，为了尼罗河两岸的和平与稳定。

他抵达了峰会的签到处。一排漂亮姑娘穿着职业装坐在桌子后面。桌上铺着台布，放着一支笔，一个名片筐。姑娘们堆着笑，背后是一大片装着会议介绍的纸袋。他登记的时候，一个姑娘重重地念他的名字："金文一。"念了两遍。另一个姑娘翻动着一叠名单确认他的存在。最后他拎着纸袋，被带去了6122房间。

他提出要事先检查一下专门为胡总预定的房间，但被姑娘拒绝了。她说，有什么东西能证明您和他的关系吗？他一时语塞。接着她笑了一下，说："不会有问题的。这是我的名片，胡总是我们的VIP，他到了以后，有任何需要您打我的电话。"

好，好吧。那就这样。

安顿下来以后，周围变得异常安静。他推开露台的门，听不远处传来的不明动物的叫声。看来动物园并不远，可能就在隔壁，或者就以某种方式深入了酒店之中。他感觉到自己被动物们包围了，这是种不错的感觉。夜幕降临，游人散尽以后，这里将只有他和动物们听着彼此的鼾声入眠。"我们"和"它们"，重新住在了一起。

和"它们"住在一起了啊。

晚上躺在床上的时候，这个念头又升起来。从下午进房间起，他就没有再出去，也没有吃晚饭，旅途让他有些恶心，头也痛，头天晚上没有睡好，他只希望好好睡一觉，但这个念头让他无法安眠。不远处的动物们也睡得不够安静，它们知道人类就睡在隔壁吗？那些中庭走廊里的火烈鸟呢？它们晚上就睡在中庭里吗？还是会被驱赶回巢？它们又是怎么看待闯进这里的人类的？

敲门声响起来的时候，他有些惊讶。这么晚了，会是谁呢？他想起会务方在他来广州以前为他安排了一个接待者，但那人还从未出现过。他本打算明天早上再联系此人的。也许是他呢？他这么想着，起身穿衣服，并高叫"等一下"，然后过去把门拉开来。

你，你找谁？他盯着门外的那人。那人穿着一身燕尾礼服，系着鲜红的领结，戴着高高的礼帽，手里甚至有一根手杖。面孔是黄种人，但几乎不像是来自中国。

啊，先生你好，我就找你。那人戏剧感十足的腔调吓了他一跳。

你知道我是谁吗？

知道知道，6122房，金文一先生。胡总还没到吧？

没到。你是会务方吧，进来吧……你穿成这样，外面是有表演吗？

并没有表演。

他转身在沙发上坐下，把椅子留给那人。那人把礼帽摘下来，放在书桌上，露出一个锃亮的光头。他注意到那人甚至穿着一双高跟的漆皮鞋。

您怎么称呼？

我想想，按照你的理解，你要么叫我佛祖吧。

佛祖？哈哈哈哈。他在沙发上弹起来一下，又躺回去。别玩了，兄弟，我累死了。你们是化装舞会吧？你自己去玩吧，晚上的活动我就不参加了。

我找你有重要的事情，我这里有胡总的指示，你把明儿要讲的方案拿出来吧。

噢，您早说，您稍等。

他从背包里把电脑拿出来，找到那份"如何突破中国汽车行业发展的六大困局_20161116_V160.pptx"点开来。然后将屏幕转过去，对着这位佛祖：胡总怎么说的啊，还要怎么改？

你稍等，我把胡总微信给你看。佛祖掏出一个巨大的**iPhone7Plus**，点开微信，点击了胡总的名字。他伸头看了一眼，头像是胡总无疑。胡总的指示只有寥寥数语：兄弟，小金那边的方案我看了，还得调整，但我要开会，没时间和他细说，你和他说，就按照你的意思改，你的意见就是我的意见。

改吧，反正已经改了这么多遍了。他心里这么想着，对那位燕尾服佛祖说，我去洗把脸，你先看一下方案吧。

佛祖说，我都看过了。不忙，你先去洗脸，我们慢慢改。

他心里骂着娘，在洗手间耽误了半天，才出来。

胡总最近开始修佛了。佛祖说。所以这份方案，我们要用最恭敬的心来准备。各个部分都不能马虎。首先改方案之前，你要问自己一个问题。

什么问题？

就是你有没有准备好？

我准备好了啊。

我看你没有准备好。你的气场不对。

哎哟哥们儿，别在意我的气场了，明天下午胡总就要演讲了，总不能让胡总脱稿吧？

这话首先就有问题了。你以为胡总不敢脱稿吗？胡总这种级别的领导，是开过智慧的，前世都是有大神通的。他接下了这个演讲，他就做好脱稿的准备了。胡总让你准备这份讲稿，是对你的信任。这也是你的机会。所以，这件事情，你是为你自己做的，你是在为你自己准备。这事关你的前途命运，你明白吗？

明白明白，您快说怎么改吧……

这份方案，我也看过，我感觉它最大的问题就是没有灵魂。所以我们从头开始，一定得大改……

目前这一版是胡总秘书当时回的邮件，说所有的意见都是胡总亲口提的，完全是按照他的要求改的啊。胡总怎么一天一个意思呢？你看这个方案，我们是提前一个月开始准备的，就是想不要改到跟前还得改，没想到还是这样……

这就是你不了解胡总了，而且小金啊，我觉得你这个心态有些不对了。心态如果不对了，你怎么做得好事情呢？你做的事情怎么会有品质呢？你想，胡总为什么放心把这份方案交给我呢？因为他信任我啊。这代表我们是有共通之处的嘛。你不想听听我的意见吗？

好，您说。

首先你这个模板的颜色要换掉。要换成金色。你知道佛为什么要修金身吗？因为金色的法力是最大的……

这个模板是会务方统一的啊……

我们为什么一定要和会务方统一呢？会务方算个什么东西呢？能和胡总相提并论吗？这个会务方，我也观察了，做事完全也不仔细不用心的啊。所以模板一定要换成金色。而且你不是也姓金吗？你怎么能讨厌自己的姓氏呢？这是父母给你的啊，你一定要孝顺，你懂不懂？

好，我懂了，那我一会儿把模板调成金色。

然后你往下翻，慢一点……停。

他停下敲击翻页键的手指，觉得万念俱灰。

你这个分类的方法不好，不震撼。你有没有读过《金刚经》？

大概知道一点。

怎么能说大概呢？这么重要的东西，一点也不恭敬。到底是知道还是不知道？

不知道。

很好，你网上找一篇来，我跟你说。

他打开百度，搜索《金刚经》，然后点开百度百科。

要玄奘法师版还是鸠摩罗什版？

对你们这些汉地的人来说，版本不重要，就随便找一个吧。接下来，你要把《金刚经》融入到你这份方案的逻辑中去……

这怎么融啊？

这就需要你开智慧了。

这根本没法融啊……

你不要急，看你这么愚钝，我就点拨你一下吧。我问你，你小时候写文章，老师教你最重要的六要素是什么？

时间，人物，地点，起因，经过，结果。

不错，你写方案，是不是也就是这六点？胡总讲话，是不是也是这六点？我们说任何事情，是不是都要有这六点？

嗯，是的。

所以说嘛，人们说隔行如隔山，但我说隔行不隔理嘛，万事万物的道理都是通的，你为什么不去研究呢？小金啊，你了解胡总吗？

不了解。

你不了解胡总，就敢给他写方案？你的专业是什么？

大学时学的是市场营销。

你知道胡总的专业是什么吗？

不知道。

胡总的专业是轻化工程，他并不是汽车专业的。但他为什么能指挥一个汽车厂？为什么大家都听他的？他懂市场营销吗？他为什么能指挥你？

不知道……

就是因为他开了智慧，掌握了真正的道理啊！

原来如此。

所以你要好好看看这本《金刚经》，道理都在里面了。为什么人家能写出伟大的经书，而你却连一份方案都写不好？

受教了。

你先看吧，我过两个小时再来。

说完之后，佛祖先生拿起礼帽扬长而去。他对着发光的电脑屏幕，内心一阵暴躁，开始看那篇经文。

他还是趴在台子上睡着了，是门外的敲门声将他叫醒的。两个小时很快就过去了，佛祖先生又回来了。

你《金刚经》看完了吗？

看完了。

有什么感想？

佛祖为什么喜欢须菩提？胡总为什么喜欢折磨金文一？我呕心沥血，发阿耨多罗三藐三菩提心，将方案也分成了三十二品，一品为一章节，一品为一大千世界。目前是金色底版，黑楷内文，佛光闪闪，应如是降伏其心。

很好很好，你开始有头绪了……这样吧，方案也不是大事了。刚才我跟胡总通了电话，说小伙子还是很有慧根的，可以点化一下。你把这个手串戴上，我带你出去走一圈。

佛祖先生说完之后，不再多言，就要拉着他出门。他个头太高，踉踉跄跄地换好靴子，跟在两条飘荡的燕尾背后，走出了房门。6122是6号楼1楼的22号房间，离大堂不远。到达大堂之前，会经过一段台阶，一段走廊。佛祖先生放慢脚步，转身对他说，跟紧我，好好观察，不要用眼，要用心观察，能不能写好方案，就看这一遭了。他望着佛祖奇异的脸庞，轻轻地点了下头。

透过玻璃，能看到外面已经全黑了，灯光也很稀疏，像萤火。酒店的空气中有一种奇妙的味道，仿佛是甜香，又夹杂着一丝丝辣味。还没转弯到大堂的时候，就能听到那边传来喧闹的乐声，仿佛灯火通明。转弯过去，他望着眼前的一切，心脏一下收紧了。酒店里已经没有人类了。动物们穿着衣服，正在大堂里狂欢。有狮子，老虎，它们各自占据了一片区域，一些猴子、孔雀之类的围着它们，正在吹奏乐器。前台里没有服务人员了，只有一些穿着侍者制服的火烈鸟，它们站在巨大的酒柜前面调酒，聊天。

飞禽们也没有闲着，它们围着水晶吊灯欢叫不止，还不时掠过耸入天际的长颈鹿脖子。一只水獭从边上的水池里爬上来，醉倒在他脚边，佛祖先生用手杖把水獭又推进水里，说，走，跟我去喝一杯。

这一切到底是怎么回事儿？我确定不是在做梦吧？他和佛祖先生在吧台边上坐下来，惊讶地问道。

不，不是梦。白天这里属于人类，晚上，这里属于我们。佛祖先生懒懒地说。

他盯着佛祖先生看，才发现他不知道什么时候起，变成了一只直立行走的狗。他惊觉自己也怪怪的，接着下意识地打开手机的前置摄像头。他在镜头里看到了一只佛祖先生的同类。

一切都是有因果的。佛祖先生淡淡地说。

为什么？什么因果？他仍然无法接受。

你们公司有几个策划？十个？二十个？为什么派你来跟这个项目？为什么派你来广州？胡总那么多朋友，为什么偏偏我刚好这几天有空，又刚好要来一趟广州？你有没有好好想过这一点？你不要只知道睡觉。我们这个物种，并不需要过多的睡眠，你又不是它们。

他顺着佛祖指的方向，看到一片躺倒的大象。

你是有使命的……

给胡总改方案就是我的使命吗？

是的，这就是你的使命。每年，来长隆的人不可胜数，会遇到我的，会看到今晚这一切的，只有你。你知道胡总是什么吗？

不知道。

他和我们是一样的，我们必须帮他。

我们的同类……我们的同类多吗？

不多，我们并不擅长繁殖，不像它们。佛祖朝下指了指，他看到了吧台接地处到处乱爬的蚁群。

它们，我是说其他的动物，他们都有同类混在人类里吗？

你还不明白吗？它们就是你白天看到的人类。

你的意思是说，每个人类都是动物伪装的？不行，这信息量太大，你得让我缓缓。

说着，他端起酒杯喝了一口，然后狠狠地掐自己的大腿，很疼，他发现自己长着锋利的爪子。

圣者，佛祖，为什么让我看到这些？有没有什么办法让我忘记？不是每个人都知道的吧？

你是被胡总选中的，他希望你知道你的使命所在。

可那不过是一份无聊的方案。说真的，胡总就是不来演讲，中国汽车行业也会持续发展下去的。那份方案，我自己知道，毫无价值。事实上，我这些年来所写的一切，都毫无价值。我们整个公司存在的意义，不过是哄胡总开心。所以那份方案里，只有一些漂亮话而已。我想胡总心里也明白这一点。有时我觉得，也许我只是需要好好睡一觉……

你还是太年轻了，情绪上容易走极端，太着急。你以为我就没有烦恼吗？就是胡总，他也是有烦恼的啊……可是我们遇到了烦恼怎么办呢？我们知道，没有什么烦恼是克服不了的。上次，那帮豺狗，要抢我的地盘，已经杀到门口了。我着急了吗？不着急，我安安稳稳地定坐在椅子上，认认真真地把一切想清楚，进了一炷香，念了一遍《心经》。然后站起来，打了三个电话。问题解决了，没有事情了。出去一看，小兄弟们在叫啊，在哭啊，我告诉他们，不要叫，不要哭，有什么好怕的？就像你这份方案，改了160版吧？这算什么呢？我有过一个晚上改320版的，不也克服了？每个生命来到这个世界上，都是有自己的使命的，为胡总改好这份方案，就是你的使命。你不要去追问什么意义、价值，这些东西，根本不是你这个层次能看得懂的。你用你的层次，去衡量胡总交给你的事情，你不是搞笑吗？你一定觉得自己很聪明吧？我告诉你，你，愚不可及。以后，凡是遇到什么想不通的事情，你都必须明白这一点，就是，你，金文一，虽然你姓金，但是你愚不可及。而愚不可及，也是有它存在的价值的，所以你也不要妄自菲薄。你改好方案，把石头推上山顶，把球射进球门，把《金刚经》融入整体，把其他的事情交给别人，这个世界就会自有安排。你明白吗？

他点点头，又摇摇头。佛祖的狗脸上泛起一丝苦笑，眼睛里红红的。过了半晌，他拍拍手，过来一个穿着性感的狐女。佛祖说，我这个小兄弟，今天心情不太好，你陪他跳个舞吧。狐女微笑着，把他拖下舞池。他们在一群动物中间翩翩起舞。不远处沙发上有几个狐男，正充满敌意地望着他。他有意把狐女又拉近自己一些，狐女呻吟了一声，说，金先生是第一次来吧？

是啊，实在是太震撼了。

噢？狐女愣了一下，然后露出会心的笑容，恭喜你进入了真实世界。

你们管这个叫真实世界？

是啊，不是谁都能来的。总要有大机缘、大智慧的人引路。也要吃过很多苦，然后才能看到这些。

看到这些，又有什么好呢？

啊，没什么好，确实没什么好。但人们其实总是想看到的。如果给你一个机会，让你选择看到还是不看到，你会怎么选？

我还是会选择看到吧。

看，我说的吧。这个尘世，有着太多的秘密，如果你掌握了多于别人的秘密，总会让自己更开心一点的。

经过了今晚，我不知道我会不会更开心。

为什么这么说呢？金先生本来的生活是怎么样的，开心吗？

我呀，不开心。本来我的生活没什么不好的。我有一个女朋友，一只猫，工作忙的时候我们互相安慰，工作空闲的时候我们一起玩。我有有限的几个朋友，我们成长背景相似，偶尔一起看球喝酒……看起来风和日丽的，这样的生活，我说不上来它有什么不好，但它无法让我满足。

你想要什么样的生活呢？你试着追求过吗？

我喜欢苦难。我希望生活在一群不喜欢我的人中间，我希望有朝一日，能凭一己之力，将自己的生活变成无边无际的苦海，然后在其中苦苦挣扎。

哈哈，那你的生活中有这样的苦海了吗？

有，有了，现在有了。我想我是刚刚想明白的。我将要为胡总完成这份伟大的方案。也许方案永远也不会写完，但我要勇敢地，写下去。

恭喜你开智慧了。

礼花在酒店中庭爆开。他看到自己巨大的狗脸被投影在空中。喜极而泣。远处佛祖挥舞着手杖，不住地扭动身体，仿佛在唱歌。他擦擦眼泪，奔向佛祖，一把抱住了他。他听到佛祖在自己耳朵边上不住地念"揭谛揭谛波罗揭谛波罗僧揭谛，揭谛揭谛波罗揭谛波罗僧揭谛……"他推开喝醉的佛祖，向自己的房间走去。关于"如何用《金刚经》突破中国汽车行业发展的六大困局"，他已经了然于胸。

离开酒店是在隔天之后的早上。他给自己叫了个送机的专车，然后坐在酒店大堂吧的位子上等。动物派对的场景仍旧历历在目，他甚至觉得自己认出了那天晚上出现过的人们。那个狐女说的没错，掌握了比别人多的秘密总是令人开心的。他敲敲边上的窗玻璃，试图惊动离他最近的火烈鸟，他怀着强烈的冲动想和它进行一次表面上跨越物种的交流，但鸟儿单脚站着不为所动。胡总不来参加峰会的消息是在昨天下午峰会开始前一个小时送达的。"胡总会来广东，但是不能到长隆了，他要去东莞见一个更大的领导。"胡总的秘书在电话里和他说，"你要和会务方做好沟通，做好后续的补位。你这次的表现很不错，胡总的一个朋友把你的表现转达给他了，他很满意。你要再接再厉。"

好，好，我明白了，我这就去沟通。他挂掉电话，紧急通知了会务方，最后，"如何突破中国汽车行业发展的六大困局"这一主题由一位汽车经销商集团的老总临场发挥讲掉了。那个老总没有使用他的方案，而是站在只写着这个大标题的投影幕前面，一动不动地讲了两个小时。他坐在下面赞叹不已，佛祖说得对，老总们就是不一样，是开了智慧和神通的。若是胡总，定然也可以在脱离他方案的情况下，完美地演讲两个小时。演讲人谢场的时候，他举起相机，靠近那位经销商集团的老总，为他拍下了一张特写：他脸上残存着某种源自火烈鸟的冷漠。

周末回到上海之后，他觉得自己眼中的世界变得不一样了。他竭力想让自己开心起来。他应该有开心起来的理由了，他对女朋友和猫儿都报以微笑和拥吻。长隆改变了一切。多么了不起，简直是人间仙境，生活的奇迹。他将收回一切颓废的质疑。

周一晚上下班，他站在长隆的地铁广告前，回想一天的工作，感到自己对一切都充满了热泪盈眶的喜爱。一种发自灵魂的温暖感笼罩着他。他觉得自己将要变成整个银河系最好的广告策划狗。他激动得浑身颤抖，他身边的同事正在刷朋友圈，没有觉察到他的颤抖。同事嘟囔着说，这次的汽车行业峰会论坛好盛大啊，去了这么多领导。他伸头去看朋友在刷的那篇报道，看到胡总正站在会场那个熟悉的背景板前面，领取"2016年度汽车行业营销金牌人物"的奖项。胡总微笑着，手里举着奖杯，边上是会务方请来的颁奖嘉宾，佛祖先生。他们正在同事的手机里看着他。他感觉那眼神里充满了赞许、鼓励、认可、信任，以及关爱……世间所有的正面价值，那眼神里应有尽有，充满了他的灵魂，胜于一切行动，一切言辞，像高悬无际的星空。在那种伟大的力量面前，他宣告着臣服，终于哭了出来。

大学里有才华的男生

　　成年之后我经常写写画画的，于是有个朋友推断我是那种"大学文学社里最有才华的男生"。我认真回想了一下这件事，发现自己应该连前十也不一定排得进。并由此想起了很多事情。

　　我中学时很傻——虽然现在也不聪明，但起码知道自己傻了。我从小倒确实喜欢文学，然而搞东搞西，三心二意。记得作文总能获得好评，却也没有特别花什么力气。老师在家长会上让我爸发言："您是怎么培养自己孩子写作文的？"我爸目瞪口呆："我从来没有关注过他会写作文。"我自己对此也是浑不在意，少年心气总是享受当下，从不追根溯源。确是上了大学以后，我才第一次有开窍之感。其中的关键人物，便是我们今天要说的人。

军训期间，我结识了来自广西的同为新生的L，和他成了朋友。他是个很好的"老师"，教我很多东西。在他的建议下，我开始阅读王小波、黄仁宇、米兰·昆德拉、梭罗，又借着这几个人一路看了杜拉斯、福楼拜、卡尔维诺、尤瑟纳尔等人。L熟读这些人的书，早已有了一套大致的阅读价值链，并传授给了我："不看白活啊！""你以前都在看些什么东西，真是浪费人生。"我时时有醍醐灌顶之感，经常拿着《沉默的大多数》里的章节比照现实，和他在走廊里说得热火朝天。

某些角度看，L是个不错的朋友。他热爱篮球，但为了照顾喜欢足球的我，还和我一起去了几次足球场，或者当门将，或者用搞笑的踢法来取悦大家。而那时的我，根本意识不到什么礼尚往来，从没和他打过篮球，所能做的也无非是整天和他混在一起。我没有意识到的是，我似乎只有L这一个好友，而L和所有人关系都挺不错。他是个发光体，一米七八，长相俊美，普通话有广西口音却并不土气。他第一天到寝室的时候，面容冷酷，一言不发，左右看了看床铺，把一个巨大的登山包掷铁饼一般扔到二层的床上，大声说："sei来就跟他缩这里已经有咀了！"大家还没反应过来，他便转身离去。想了半天，大家明白他应该是在宣示主权。此一场景，我学院善于模仿的男生人人会学，学的时候，L在边上呵呵地笑："干，你们的广西普通话不标zun啦。"

跟我去了几次足球场以后，L邀请我和他一起健身，并用他一贯的犀利指出："你上半身力量太差，这样对踢足球也是不利的。不要求你多壮，起码你会显得平衡一点。"那时我们才刚刚大一，而L居然是一个在中学时就有健身基础的人，不可思议。他拥有形态良好的胸肌和腹肌，体脂很低——我那时甚至都还不懂得这个词。

学校里是没有健身房的。那是2001年，健身被叫作健美，我对其所有的概念都来自央视五套马华的"每天跟我做，健美五分钟"。我并不觉得那个好看，但出于新奇，出于想把球踢得更好，我和他一起在南林后门的锁金村找了一家社区健身房。

健身房里都是中年男子，站在施瓦辛格的海报前搔首弄姿，看起来都不甚美好。后来我印象最深的是一个长发矮壮男，皮肤雪白，眼睛细长，胸肌极大，但啤酒肚也极大，几乎没腰，每次平板卧推都会发出令人不适的巨大呻吟。墙上有他过去参加市里健美比赛的照片，仍旧不美，但至少那时他有平坦的小腹。

没有人理会我们两个学生。锁金村的居民对南林的学生早已抱着一种习以为常的冷淡了。那里也不像现在的健身房那样一直推销，没有人找我们办卡，每次现给15块钱就可以练一个下午。脱掉衣服以后，我看到了L的肌肉，那真是令人羡慕的身材。明显的倒三角，肉块也没有过分发达，肌理清晰，修长，结实，因为日晒而显出一种淡淡的小麦色。由于是南方人，他看起来没有我块头大，但是非常匀称，不像我，因为长期踢足球，腿部粗壮，但上肢显得苍白而瘦弱，有一种奇怪的丑陋。

他细心地教我，从标准的引体向上、仰卧起坐，到哑铃飞鸟、平板卧推、深蹲、抓举……还非常专业地告诉我如何热身，如何拉伸，如何补充营养。我大开眼界，也受益匪浅。以后的十几年，在江浙沪的各色健身房里，我遇到的所有私教所教的内容，都没有超出L最初指导的范围。他也懂得因材施教，比如他观察到我的背部和大腿肌肉基础很好，就说："你的腿不要再练了，但背可以作为上肢的突破口。"对于我最羡慕的腹肌，他告诉我，腹肌要在有了力量基础以后才能慢慢雕琢。

我们遇到的最大问题是饮食。我那点微薄的生活费是无法满足健身所需的加餐的。L的家境比我略好，在吃的方面也比我要克制。他教我的一些饮食法则，我常常无法遵守。比如我们都会没有钱买到足够的牛肉，但是L可以坚持吃白煮蛋，仿佛没有对其他食物的欲望，而我就不行。加上吃到了一次臭蛋，我对食堂的鸡蛋彻底失去了信任。反映在训练成果上，L从大一开始，身材越来越好，我则很不明显。我记得他早早就进了院篮球队，技术精湛，速度很快，打篮球的时候会脱掉上衣，结实的肌肉在阳光下因汗水而发亮。有女生在边上鼓掌，欢呼，也有女生递纸条，他确实是比我要吸引人很多。

我始终没有放弃和他一起去健身房这件事，大约到了大三的时候，我突然发现，即使这么三天打鱼两天晒网地练，我也把过去极其不平衡的体型扭转了过来。我不再因为肩膀过窄而显得头极大，也有了结实的背肌和胸肌。由于热衷于高热量饮食，我的腹肌一直不太明显，但屏息时也有了清晰的八块线条，这与刚去健身房的时候相比，是天壤之别。

因此，大三那年，我达到了自己业余足球生涯的一个巅峰，也有了自己的高光时刻。我那时的身体状态极佳，脚随心至，在场上不会被人一撞就飞，轻易失去对身体的控制。南林以林业和工科为主，校内的足球联赛中，我所在的人文学院是个弱队，一直被森环、木工、机电等系队大比分屠杀。当然，一个很客观的原因是，我们系里每个班最多只有六七个男生（甚至没有），而其他系正好相反。但是，在首轮与森环院的比赛中，我凭个人能力在前场秒掉校队的中后卫，于接近底线零度角的位置进了一个非常精彩的单刀。射完门后我已经摔到了跑道上，还没反应过来就被队友和同学们的欢呼包围了。我们一直领先到下半场，最后因整体实力实在悬殊，被后来夺冠的森环院翻盘。但他们的一名主力球员丁某在赛后专门来了我寝室，提起我的进球，说："好小子，你把我们吓死了，以为要输了，中场休息时，体育老师把被你过掉的中卫骂得狗血喷头。"后来我常常因为这个球而想起L。如果不是他带我健身，教我弥补身体缺陷，我肯定无法自觉地去学会这些东西，作为一个身体条件一般、技术也一般的足球爱好者，也就不会有这样美好的体验。

　　我发现L的弱项是在大二的时候。我觉得没有人看了那么多书而不想自己写点什么的，尤其是年轻时，但L却很少自己动笔。我一直记得他念着《红拂夜奔》里的句子和我大声激赏的样子。如今，躺在我书架上的那一套花城版的王小波书籍还是他送给我的，连同那本没有了书皮的《沉默的大多数》，封面上还有他手写的英文书名。所以当我和其他人一起编院刊的时候就问他约稿，我不停地催他，抱着看到一部巨著的期待。他也答应写，最终花了很多工夫，遮遮掩掩地交出了一篇让我们都有些失望的文章。文章的内容关乎环保，一点也不文学，还略显干巴。他自己也不是很自在，于是我们自此便不再提让他写作的事情，仍旧在阅读和健身领域保持着交流。

　　现在想来，L的才华应该不在创作上，而在于引导。不出所料的是，他也吸引到了其他热爱文艺的人。L的第一个女朋友是我们班里最有才华的女孩子，她无论诗歌还是小说，都非常成熟，根本不是当时那个年纪的我们可以望其项背的。他们的感情被那女生写在了故事里，我们每个男生都看了，纷纷羡慕得牙痒。他们的故事美好居多，也颇多跌宕，充满着热情，很吸引大家的眼球。L对于这段感情也是很兴奋的，作为好朋友，他和我分享的内容比旁人要多，也更私密。不过现在回想起来，在那个年纪，这些核心的内容也无非是"如何让这个很有才华的女孩子顺从地在床上躺倒"，我认为他应该能轻易做到这一点，然而他并没有做到，他因此而苦乐参半着，直到这个女生在大三前夕出国。

之后两人的关系渐渐断掉，L又有了第二个女朋友，也是对他影响最大的一个。

这个女生姓方，是女神级别的存在。大眼睛，好身材，气质优雅，像一头安静的大猫，让人望之即生美好的想象。女神成绩优秀，沉默寡言，脸上的表情都不多，除了上课下课似乎无欲无求。南林的男生都喜欢在人文学院选拔女朋友，那时喜欢她的学长能在学校操场排几个来回，但我们从未见过女神真的变成谁的女朋友。在L之前，成功可能性最高的，是我们朋友圈里的一个富二代，但他最终也被女神拒掉了。谁能把女神留在我们学院呢？在大三上半年结尾的时候，L兴奋地回到寝室告诉我们："我做到了！"真是争气，有一种我们全体人文院男生都有了女朋友的感觉。

L在告白之后，获得了与女神交往的权利，但对于二人之间的进展，L只字不提，只是我们都看出来，他处在一种极大的幸福感中。就是在那个时候，L渐渐和我走远了一些——也是可以理解的，忙于恋爱嘛。我们都默默地祝福着他，而他渐渐有了变化，和我们说话、聚会都少了，开始陪着女神去自修、打水、散步……他仿佛被女神带去了自己的世界，和我们之间有了一层看不见的隔膜。我在路上看到过他们，一副神仙眷侣的样子，并肩走着，然而隔着一个距离，没有牵手，也没有其他亲密的举动。这个状态持续的时间不长，最多一两个月的样子，寒假来了。学生的寒假都是要回乡的，这对恋人而言，意味着一段较长时间的分离。女神是芜湖人，L远在广西，节前最后一个晚上，我看到他们在5栋楼下相对而立，互相告别。

事情在寒假之后发生了变化。开学没多久，我们吃惊地发现，女神身边换了一个男生。那个男生是别的学院的，但正好住在我们寝室对门，是一个有点极品的男生，经常因为不值日和影响他人睡觉之类的事情跟寝室的人吵起来。长相在中等以下，戴着一个黑框眼镜，傻头傻脑的，个头甚至都没有到一米七。我们看到这个男生紧紧地拉着方女神的手，在校园的主路上招摇过市。他甚至还没有她高，看起来各种不般配。然而接下来的进展更是吓人，也不过月余，那男生就在寝室里和大家告别，说："要和女朋友搬出去住了。"我们问L怎么回事，L面无表情地说："分手了。"这其中必有惊人的曲折，然而L再不肯多言。

从那以后，L变得非常沉默，独来独往，仿佛提前进入了成年状态。他也不再和我废话，远离文艺，忙着家教、兼职、考专八，很难在寝室看到他，直到他最后回南方工作。毕业后，其他男生给了我一个方女神的blog，毕业头几年，我偶尔会点开看看，从上面我知道，她顺利毕业，加入了一家国际航空公司，然后去了国外，她和我对门的那个屌丝恋爱多年，分居两地然而最终还修成了正果，让人觉得世事非常难料。

　　毕业两年的时候，L来上海出差，和我在虹口区的一个小饭店见面。说起他在深圳的生活：电子、电器、销售、业绩、现在的女朋友、广东和广西、远居海外的前前女友打来的电话……凡此种种，但没有提起女神。他戴上了一副眼镜，整个人看起来有点灰，西装略微大了些，说事情也有点啰里啰唆。那顿饭吃得兴致全无，疲惫异常。我们没有再进行过我期望的那种深层精神交流，他也不再对我感兴趣的那些东西置喙。我不知道那段感情到底在他身上造成了什么破坏，我看着一些东西在他身上磨损、消失，不知道说什么好。

　　大约他的感受也不好吧，于是我们就没有再见。他QQ的头像又亮过几年，最终灭掉。后来从他前前女友那里，我知道他过着平静的生活。

　　再后来，我也开始经历磨损、经历失去，我不知道自己能不能留住岁月。在上海，第八次搬家的时候，我的妻子翻出了那本没有封皮的，看起来又旧又破的《沉默的大多数》，说："这什么破书？要不要扔？"在她翻动的时候，我拿了过来，说："不，不要，这是王小波的书，是我大学时的好朋友送给我的，我最喜欢的一本。"

苦海

去年冬天，我们谈起了养老的事，我和李婧。我四十岁了，李婧三十九，我们这个年纪还没有小孩，生活里需要讨论的事不多。前年或大前年，我们还为孩子的事做过最后的努力，我们一起检查、吃药、算日子，在亲戚们的问询中躲躲闪闪地笑，整个房子里都是中药的味道。最后，我们把窗户打开通风，望着外面干涸的泳池，又一年了，树叶落在池底蓝色的瓷砖上，发灰的灌木丛边卧着消瘦的野猫，我们知道到了放弃的时候。

不指望新的生命了，人就有空想想以后，想想死。那天晚上我是吃完饭后才回去的，推门进去的时候李婧在客厅做瑜伽，看到我时她刚做完最后一个动作，开始收拾摊在地上的手机、毛巾、瑜伽垫，她卷瑜伽垫的瞬间，腿挂到了茶花的叶子，那盆茶花放在那里很久了，它摇曳着，发出沙沙的响声。李婧说，我去洗澡了。我说，好。换好鞋子放好包以后，我到沙发上坐下来看电视。我听着浴室里传来的哗哗水声，靠在沙发上打盹儿，不知道过了多久，李婧过来叫醒了我，说，我有一个想法。

我们刚在一起的时候，李婧总是很有想法，但她的种种想法常常会引发我们的争吵。比如睡觉时我一般睡在她的右手边，但常常半月左右，她会要求换一换，然后再过半月，她会要求再换回去。我得说这非常奇怪，在我的概念里，睡在哪边一般是固定的、终身不变的，为什么会有一个人要求半月一换？而在李婧的概念里，大家都是经常换边的，是我太古板，太"处女座"。其实我不是处女座，我是天蝎座，于是她有时还会说我，你这个假天蝎座，你到底有没有过别的女朋友？你到底有没有生活经验？这个事儿太无聊，我没有办法逢人就问，你一般睡在你女人哪边？多久一换？我的朋友都是正常人，我这么问人家，就是自绝于自己的朋友圈。而且我也不能和她说，结婚前我有好几个前女友，都一起睡得很好，而且她们从不纠结自己睡在我左边还是右边，顶多讨论一下上边还是下边。前女友们还都很温柔，不会因为我睡错了边就炸毛。然而这么多好的前女友，我也没有守住，却和李婧结了婚。由此可得，只有李婧是对的人，这种事，我在脑子里一过就知道不能展开争论，因此只好默默忍受下来。

再比如她活跃的思维给她带来了非凡的观察力，她有天在我们小区看到了一个人，鬼使神差地坚称那个人是大明星邓超。"啊，邓超住在我们这个小区！"她欢叫着。我和她说怎么可能，邓超除非是破产了，否则怎么会住在这种破地方，再说我也没有在小区见过孙俪啊。她说，邓超就一定和孙俪一起住吗？我说那当然，人家俩是夫妻。她说，人家俩那么有钱，有几套房子也说不定……然后我们就吵了起来，因为八竿子打不着的邓超和孙俪。最后她跑到保卫处去逼问保安，邓超是不是住在我们小区，也不知道她到底问出了个什么东西。最后的结果是，我接受了"睡觉经常换边是正常的"以及"邓超毋庸置疑住在我们小区，但孙俪住哪里我管不着"。这两条结论变成了真理，悬挂在我们婚姻生活的上空，迎风招展。

这之后的新想法是家具，不知道她的目的是什么，展露出的表象是她开始折磨这些各种形状的木头。她先是决定把书柜搬到主卧，紧接着她觉得主卧因此显得逼仄，要把主卧的床和次卧的对调，再之后是打算买新的床垫，由于新的床垫确实很舒服，我便不再反抗，只是躺倒下来默默地思考着一切为何。我发自内心地觉得，家具放在哪里都差不多，既然你一定要搬，那就搬吧，既然你一定要换，就换吧。我们结婚十年了，家里的家具，除了钉死在墙上的液晶电视，其他其实都挪了几番位置。其实电视也不是不想动，李婧曾想把它拆了换投影仪，她并不是那种只会折腾却没有钻研的人，她下了一番功夫，最终因为"这个技术还是没有电视成熟，体验不会比电视好，我们家也没有那么大"而作罢，我暗自长出了一口气。我觉得她折腾这些事情完全是浪费自己的时间，时间应该用在更重要的事情上，但更重要的事情是什么呢？我和李婧吵架的时候，她吼叫着问过我，生活中更重要的事情是什么？我没有能够答上来，日子这么一天天过，我倾向于认为，其实我的生活中已经没有什么更重要的事情了。

除了床位、明星、家具，李婧的另一大核心想法是"人类应该种花"。她热衷于去花鸟市场，同时一定要拖上我，在她看来我身体强壮头脑简单，可以省了她央求花店老板把花盆搬到车上的功夫。我承受着她的诋毁，勉强答应下来。一同前往之后，我竭力试着在她买花的间隙看一些乌龟、金鱼、仓鼠之类的生灵，以期培养一个类似的爱好，因为我觉得这是夫妻的必需，然而思前想后终究觉得做不到，"我的命里绝不能有乌龟、金鱼和仓鼠，那只会是灾难"，我默念着败下阵来。但李婧不一样，她比我笃定多了，我对花鸟生活的不在行，衬托得她像个博物学家，她在挑选花草的时候和店主聊得头头是道，能吐出很多我没有听过的名词，颇有些专家模样——我怀疑她上班不务正业都在研究这些东西。但令我啼笑皆非的是，她在养育它们上面却没有什么好运气。我们花去一整个周末买来的各色花草，不是被猫吃掉，就是渐渐枯萎凋谢，任凭你如何浇水施肥也无法阻止，然后她指挥我把它们搬上露台，希望城市里自然的阳光和雨水可以拯救它们，然而她记性不好，常常忘记在大风大雨的时候把它们搬回室内，等到月余，这些花草都已经死得透透的了，而花盆中不知名的野草则能长得齐腰高，从小区里远远看去，我家的露台常常看起来像破落大家族的旧宅，有一丝萧索，有一丝伤感，仿佛拨开草丛，就能有一个白头宫女坐在那里，和你谈一谈唐朝。当然这里没有宫女，只有我，我经常在阳台上打望，对着杂草忧从中来。李婧不理会这些，她执着地把草和死花拔掉，让我搬去垃圾桶，然后从淘宝上买来新的土壤，重新买了花草装进去。这样的行为持续着，一批批花草就这样被她领回家里，然后杀死，凡此种种，周而复始。她的坚决和执着令我敬佩，又常常让我疑惑。但我不说出来，我这个人，想法不多，说出来的更少，我唯一表达过的就是，我支持李婧，没有理由，就是支持，她想做什么都可以，我觉得这才是婚姻和爱情。

李婧叫醒我的时候，我还在迷糊。只听她说，既然我们都决定不要孩子了，那我们要不要再买一套房子？我扭头，看到李婧的脸上有常见的、刚练完瑜伽之后的红晕。我渐渐清醒起来，忙坐直了说，你有什么想法吗？说说看。因为我知道，李婧如果这么说，她一定是深思熟虑了很久，说不定都有一揽子计划和方案了，在这时，我所能做的就是听她说。李婧说，我们现在还年轻，但是不能不为以后打算，养老保险不牢靠的，我们得提前考虑。当然我也不是说我们现在马上就要离开上海，毕竟上海的生活还是最舒服，哪里也比不了，但是再老一些呢，你有没有想过？我心里说天哪，已经要离开上海了吗，我从老家奋斗到这里是多么不容易啊，我们要去哪里，东京、巴黎、纽约吗？李婧一定是没有看过《革命之路》，不知道那是多么可怕的电影吧？我脑子像通电一样汹涌澎湃地转了一圈，但我不动声色，只说，我没有想过。李婧说，我就知道你没有想过，你这个脑子，什么都不会想的，你就知道吃和睡。我打断她说，不要数落我了，说重点。李婧说，我想的是，我们得再去别的地方买一套房子，目前我考察下来有三个选择：苏州、海南、泰国。苏州呢，现在在限购边缘，很有可能我们开始动作的时候，它就要限购了，不过这也没什么，我们可以找黄牛，还是有办法可以操作的，但苏州我比较犹豫，因为和上海差别不大，在苏州买一套，还不如在上海买……喂，你到底有没有在听我说话？李婧就是这样，她说话，见我没有声音就要着急，但我不用多说，只要放一个引子，她便能继续了。于是我说，你接着说啊，海南和泰国呢？李婧顿了一会儿，说，海南的话，就是另一个打算了，首先现在移居到海南有点早，我不太想，海南比较合适的是，我们买一套，现在每年冬天我们过去过年，或者夏天过去看海，以后退休了常住。泰国的情况也差不多，但泰国的好处是比海南便宜一些，但是却要麻烦得多，毕竟是外国，所以我就有些纠结……那现在看起来比较实际的，就是要在苏州买一套房子咯？我说。上海也可以买，上海要买的话，我们得弄个假离婚。李婧终于抛出了自己的最终想法。我笑道，所以今天要讨论的事情其实是我们要办假离婚对吗？李婧说，除了假离婚，要办的事情还多着呢。我说，我没啥问题，你来弄吧，在哪里买都是假的，在上海买才是真的。在我看来，假离婚是夫妻感情好，对彼此了解度高的表现，我觉得在这件事情上，我不能有犹豫，李婧说什么就是什么，限购的大背景下，办一场假离婚，多一套房子在手里，在这风雨飘摇的社会上，我们这个风雨飘摇的家才有一些依仗。假离婚的事情，由此摆上了日程。李婧是个可靠而勤奋的女人，她操办着一切，表现出来的优秀品质和料理家具花草时一样，细心、专业、滴水不漏，她不时在一些她觉得关键的节点告知我，或者通知我配合她做一些事项。朋友们之中，有操办过假离婚并成功的，我们依样画葫芦，似乎倒也不是很难。渐渐地，这件事就像我们生活中常见的波浪，来势汹汹又逐步归于平静。我仍旧配合着她在床上换来换去，也仍旧默默地看着她在客厅的花草之间做瑜伽，我想象着住在小区里某处的邓超和孙俪，想象着自己有很多套房子，我看不见的书柜和生活就在那些房子之中。我常常觉得人一生太长，又过得太快，活着活着十年就过去了，而我们这么些人，活着又没什么价值，要那么多十年干吗？真是无聊。然而这一切感受，被五月里某天下午的一封邮件终止，是公司人事发来的。我一下子不无聊了。

实际上今年年初起，我们公司就开始搞业务调整了，我们是一家电气自动化企业，专业领域很狭窄，就不介绍了。企业这些年来一直不景气，上面的CEO不停地换。我在市场部工作，十多年了，B2B行业的市场营销不好做，我们做得不算好，但已经是这个行业里小有名气的翘楚，起码在我看来对产品销售帮助也很大。然而年初新来的日本老板并不这么想，他觉得市场部没有啥大用，不如简单粗暴多增加一些销售人员，他将这样的论调在公司里放出来，我起初只是听着，然而不想日本人并不是说说而已的，他动手了，我收到的乃是离职通知。我脑子里跳出来的第一个念头是，我离婚了，而且还失业了，是不是风水被弄坏了啊？我摆弄了一番办公室桌上的招财猫和奔马木雕，将它们丢进了最下面一个抽屉，长叹了一口气。我不知道该怎么和李婧说。也许说了也没关系，但是到底要怎么说呢？我从位置上离开，一个人跑到了公司的洗手间。公司虽然裁员，租的办公楼还是很好的，厕所又私密又干净，过去传说有同事情侣甚至在此幽会。十多年来，我没有自己的独立办公室，遇到难题的时候，我都会一个人躲进厕所间里抽烟。后来上海禁烟了，我仍是抽，人们在隔板上贴了告示，我也还是抽，我不理会这个，这是我最后的防线。想了半包烟时间，我觉得这个事情不能够和李婧说。她是一个比我还焦虑的人，我稳定的工作像是这个家庭的一块基石，中国的日本公司都流传着日本企业终身制的传说，我的失业从来都是一个不能存在的选项。但是，另一方面，我也不想马上找工作。十几年来，我兢兢业业，很少休假，在这一刻，我终于觉得自己需要休息。

　　得知失业消息之后的第一天，我没有按时回家，我告诉李婧自己有应酬，在古北找了一间小的居酒屋喝酒。我并不喜欢喝酒，喝了几口就觉得难受，没有办法，我就用手沾了些清酒，轻轻地抹在自己的衬衫上，我一边默默地抹着，一边想着之后要怎么办。长期以来，我已经不生产想法了，所有的想法，所有能推动生活向前的理由，都是李婧告诉我的，现在我该怎么办呢？公司里被裁掉的不止我一个，但目前没有人吭声，我也没有贸然找人去聊，我觉得自己被一团真空包围了，我打算要么顺便出去旅游一趟？但想了一圈，也没有想到什么合适的去处。如今上海人旅游喜欢去日本，但我在公司看日本人已经看累了，实在不想再到日本人很多的地方去。韩国我去过，无聊得可以，东南亚每年冬天都会和李婧去，也没有意思。我这么胡思乱想着，最终还是默默地回了家。到家已接近凌晨，李婧只是简单抱怨了几句，说我一身酒气讨厌死了，我讪笑着换衣服，寻思找个什么档口告诉她我要出差，然而她一直没有给我这个机会，我洗完澡后就觉得困，她也早已沉沉睡去。她今天睡到了我左边，是新换的。第二天一早，出游的想法已被我抛到了九霄云外，我心情差极了，谎称有个晨会，便赶在李婧起床之前匆忙逃出了门。那天，我在公司楼下的麦当劳买了一份早餐坐着，直到上班时间到了之后才上去。然而这样的日子也不过是一个月，我完成了交接之后，彻底跟这个服务了十三年的公司告别。我没方向了，不上班的第一天，开着车在路上兜着，像没有宿主的游魂，然而这样的开法总是不得要领，要被后车闪光、怒鸣，于是我慌乱之中踩下油门，朝前一路奔去，醒悟过来的时候，发现自己开着音乐，奔在去李婧公司的路上。这些年来，除非有什么特殊情况，我每天早上都送李婧上班，别人送小孩，我不用，但我送老婆，我和同事们这么说，大家都赞扬我，但这不妨碍我被人事笑嘻嘻地裁掉。开上去李婧公司的路，完全是一种本能。但我还有理智，我没有把车停在她们公司楼下，而是停在了对面的一个商场地库里。

停好车我在商场里楼上楼下地兜着，打算找点什么有趣的事情做做，但很快我就发现我失策了，白天的商场和夜晚一样无聊，我既不需要新衣服，也不需要食物，那些健身房和亲子乐园也让我觉得不适，这个商场碰巧没有电影院，最后我在5楼的电子游乐园里驻扎下来。我买了50个游戏币，夹了一小时娃娃，又开始打格斗游戏，尽管我觉得西装革履的自己看起来有些奇怪，但并没有人在意我。临近中午的时候，我担心李婧和她的同事出来吃饭遇到我，走到了较远处的一个面馆吃了碗面，又巴巴等到两点钟，慢吞吞地走回来。下午我继续在游乐园里混着，但仍旧一个娃娃也没夹到。到了下班时间，我从游乐园出来，趴在栏杆上，悄悄地望着远处对面四楼的健身房，我知道李婧会来这里上瑜伽课。果然没一会儿，她便出现在商场一楼，我看着她坐扶梯一圈圈上来，我在一个角上，商场人很多，她并没有四处张望，就没有看见我。我看着她低头发微信，然后我的手机响了一下，她说，我晚上有瑜伽课，你自己吃。我回复，好的。我看着她进了健身房，又待了一会儿，下楼开车回家。李婧回来以后，我坐在客厅看电视，心里装作工作了一天的样子，但又觉得，似乎我和工作了一天也没什么区别。她笑嘻嘻地跟我说着她的事情，房子的事情，我赔着笑，朝她点头。这样的日子，转瞬又是一个月。一个月里，李婧来了六次健身房，四次坐的扶梯，两次坐了直达电梯，有一次她的瑜伽教练在门口等她，还有一次，她把外套脱下来缠在腰上。和我在一起的时候，她似乎没有这么干过。我忽而想到，她的瑜伽能力似乎越来越好了，她已经可以贴着墙倒立，在客厅里，她给我表演过，然而我的夹娃娃能力，仍旧没有起色，我没有能够带回去一个娃娃，我还是适应不了任何生活，有工作的场合，失业的场合，都不行。也许有人夹到了娃娃，失去了人生，但我现在人生和娃娃都没有了。

我仍不想找新工作，但我不能总拿私房钱充每个月上缴的工资，实际上我也没有多少私房钱了，而且李婧已经在推进买第二套房的事情。按照我们的规划，她即将背上新的贷款，只要看好房子，她就得进入贷款流程，到那时我得拿钱出来，我终究无法隐瞒失业的事情。那是个周六，我们两个人，开着车，在高架上，我们要去嘉定看一套新房子。李婧兴奋地和我聊着天，我尽量让自己融入她的气氛。她把自己的手机蓝牙连在我车上，放着她喜欢的许巍的歌，说真的，早没什么人听许巍了，但这一刻，生活似乎变得特别应景，应歌里的景。我想起我年轻时看过一个许巍的MV，细节都忘了，只记得是初春，人们在北京的街上走，现在想起来，里面的人都像是没有工作的，这让我觉得温暖。我想了一路，有时想松开方向盘让车飞起来，有时又想把我失业的事情告诉她，但在我快开口的时候，我们到了。这是CW集团楼盘的四期，刚开盘，卖到五万块一平了，据说如果下单的时候和销售谈得好，可以便宜到四万八。李婧进去售楼处谈，让我在门口等着，当然也可以去小区里转转。我转了一圈又回到售楼处，隔着窗户，看到一个戴着眼镜、胖乎乎的男销售在招呼李婧，我在侧面，看不到他们的脸，也不知道他们在谈什么。我等了一会儿，觉得实在无聊，便又转身在这个刚建好的、尚未有人入住的、像盆景一样的楼盘里晃悠。

这里虽然离市区不远，但景观已经很荒芜了，楼盘的外墙是一条小河，将小区的房子和外面的田地区隔开来，再远处是农民自建的小楼，更远处是沉沉的雾霾。我一边走，一边出神地望着，不由地渐渐走到了小区最边上的一栋楼。我拉了一把楼门，发现并没有锁，于是直接按电梯到了顶楼。顶楼是个小小的平台，围栏是水泥的，贴着蓝色瓷砖，围栏很高。我站在这里，往远处看着，但远处有什么，我这会儿竟已说不清楚。不知道过了多久，李婧的电话打过来，她说，哎呀，你还在逛吗？你等一会儿就过来吧，我谈得差不多了，这里正好有我们需要的小户型，我去问小文借一些，再问我妈拿一点，我们首付就凑出来了，这样等房子下来后，我们年底就可以复婚了，啊，快的话说不定十一就可以了……喂，你在听吗？我说，我在听。她说，你在哪里，风怎么这么大，呜呜呜的。我说，郊区么，不就是这么回事，那啥，我有个……啊，算了算了，风太大听不清，阿良你回来说吧，不要逛了，快回来，我们差不多也该走了，我们路上再聊。说着李婧挂断了电话。世界一下子安静下来，我看了一眼手机，又看看天，然后再看看远处，我觉得自己迈不动步子了。我退缩着，像任何时候一样，没有任何想法。但我知道，时间不早了，李婧一定很着急，如果现在回程，到家也要天黑。我想象着她再过一会儿就会打来电话，唠里唠叨，急切地催促我，她总是有把握的、有规划的，她是多么牢靠，多么睿智，她永远也不会放弃我，我的老婆。我望着下楼的那个门洞，想着门外的一切，我火热的、生机勃勃的生活，左边和右边，邓超和孙俪，转动的娃娃机和蓝色瓷砖的游泳池……我靠在围栏上，让风吹着，仿佛出神了一般。

师日无伤

傍晚的人群如游丝扯乱我的面容
我不能释怀的灵魂渐次透明

1

正常的、公开的场合，我叫她师父。她的确是我师父。我来面试的那天下午，她微笑着被人事经理领进会议室，眼睛看着我坐下来，又渐渐露出严肃的神色。人事说，这是你的直接领导，也是你的师父。我点头，她向我伸手，我握了一下，又迅速放开。她开始说话，声音明亮而清晰。后来我入职，她坐在我对面，却又喜欢绕到我背后说话。第一次，她教我打开复杂的OA系统预约一个会议，并向所有与会的人发送会议通知，她带着我核对每一个名字，解释人物关系，谁受制于谁，谁又向谁汇报，谁喜欢与谁共事，谁和谁在一起能发挥最大的功效……最后她带我与会，但不向人们介绍我，人们看我，露出自以为得计的表情，她不为所动，只是提醒我做好会议纪要。这有什么难呢？我觉得这简单极了，我在纸上轻轻地画着，本子的正面是人们的只言片语，本子的背后，我描下了她美丽的轮廓。我的第一份纪要，却是要有劳她审定。起初我有些不愿意，但最终仍是不可避免。她看得柳眉倒竖，拍了台子，会都白开了！她冲我吼叫，我撇着嘴，不以为意。我不知道这种无聊的东西为什么要有这么多条条框框，为什么要对其如此认真，人们明明说的都是废话，我怀疑没有人会认真看这些，我觉得，我已经快把那些发言改成格言了。我写下来的，甚至要比他们说的还要好。她似乎能洞悉我的念头，几乎想动手敲我的脑袋，但是忍住了。我不知道我的不耐烦是不是表现了出来。"你应该写你听到的，而不是你以为你听到的。"事实上我觉得生活里的一切都很无聊，只有我以为我听到的才是有趣的。当然，如果她愿意，我可以扮演一个无聊的角色，人世滔滔如逝水，全是无，也并不差这份会议纪要。再三磨蹭，推诿地改完之后，我望着她，和她背后墙上难看而简陋的电子钟，我将要遵她的嘱把这东西发给与会者，她不放心，又绕过来在我身后一一点看，最后，是她俯身下来按的发送按钮，她胸前的隆起压在我的肩头，我诚惶诚恐，她浑然无觉，我只记住了她靠近我时散出的幽香。她走后，我在纸背面的美人轮廓上，加了一些淡淡的如风般的线条。

有实习期的新人因为没有做好这些屁事儿而被开除。这使我紧张，这并非我的第一份工作，但我也不想在我的职业生涯里留下这种污点：连这点屁事儿也做不好。但从后来的反馈来看，几乎也是理所当然的，我会议记录做得不错。人们通常不会回复这种无聊的文档，但居然有人发来"收到"二字给我，有人加了感叹号，有人加了简易的符号笑脸。我自己略微得意，几乎要嘴角上翘，抬头，只看到她在我对面，面无表情。我是个直男，在本行业，人们对直男期许不高。人们说，按照过往的经验，这些东西似乎总是女孩子，或者类似女孩子的人做得更好，文通字顺，不遗漏重点，发对每一个地址，能事无巨细地按时间表跟进执行。对我来说，能完成这些已经"很不错了"。其实我不过是动作慢，又所幸没有出错。事实上，我再仔细也还是出现过表格框线粗细不一，或者拼错英文之类的小错，这也是有劳她才检查了出来。每当我出错，她会皱一皱眉头，但又马上展开，可以说是稍纵即逝，她脾气真的是很好，却又不容易让人亲近。后来我们躺在一起，我侧卧着看她，也能看到她眉头偶尔锁起，又展开。这样的时候，我就把想说的话又咽回去，这样的时候，我会试着叫她茵茵。

　　我工作上的问题并不出在技能上。比如写会议纪要，处理合同，做报价表格，做项目说明PPT，或者翻译一些简单的商务文件，分析历年数据，收集行业资料……这些可以一个人对着电脑完成的部分，渐渐了解之后，我都能做好。问题仍旧在与人的沟通上。尽管我竭力掩饰和逃避，但还是被她看了出来。这也是我前几份工作失败的根本原因，我在面试时编了各种借口出来，什么个人发展需要，家里亲人生病，公司搬家，公司倒闭，总想谋求更大平台……其实都不是，就是我自己的问题，是我搞不定。第一次被她揪住，乃是因为打一个电话，一个非常简单的电话。上家清晨时分发来一个需求，要求我们询问某个网页防篡改软件的价格及安装问题，要得很急，我马上查询了一番，在公司资料库中找到了相关供应商的电话。我打电话过去，对方说完"你好"之后，我脑中却突然一片空白。吞吞吐吐地说完需求之后，又被供应商反问得哑口无言。我没有办法，转而仗着一股虚嚣对供应商发了脾气。不料供应商气不过，投诉给了她。但这一次，她不知为何并没有找我。供应商回复我之后，我喜出望外，觉得"原来这样也行"，于是乐呵呵地跟客户市场部汇报此事进展，市场部叫了IT部一起和我电话会议，我在会上对IT部提出的要求不假思索照单全收，市场部那边反应怪异，几乎全程一言不发，我感到了这种怪异，却想不出为何，会议结束，我单独询问，他们却也没有多说。会议之后不到一个小时，她满面怒容把我叫到了会议室，她总能准确地用面部表情表达出自己的情绪，让人一眼就能看懂，一次也不至于搞错。这也是我不具备的能力，也许是天赋也说不定。我呢？我总是显得暧昧不明，潮湿而缠绕。她一边拍桌子，一边指出我在整个沟通环节中的各种问题，她几乎将我说得一无是处，我不知道她的手疼不疼。我低头呆坐，一言不发，她拿我没有办法，说完之后留下我自己反省，推门离去。我突然感到了极大的压力，我不知道这压力是从何而来的，她没有说什么过分的话，只是拍了桌子，她的话句句都在点子上，拍子打在桌上如同击中我的心房，令我刺痛而无可奈何。

自此之后，她琢磨出了新办法，她发来正式邮件，洋洋洒洒一大片要求，大意是"凡你独自参与的会议，必须录音给我"。她从行政部申请了一只录音笔，拿来我的位子，教我使用，看着我在领用表上写下自己的名字，然后轻声提醒"不许给我弄丢了"。我把录音笔放在薄外套的口袋里，遇到会议就摸索着悄悄打开，感觉自己的手心开始出汗。从那天起，我说话小心了很多，但起初，我总会因为紧张而不断出现漫长的休止，我总是想到口袋里的那支笔，担心它突然没电，担心它会突然掉出来被人看见，这种录音是丢人的，也是错误的。那天起，办公室的天都是阴的。每个周四，下班之后，她带我到一间不透明的小会议室，跟我复盘这些录音的内容，然后把我犯的错误写在黑板上，让我自己记录下来。所谓商务谈判，也无非是这些东西，说来似乎简单，但执行起来令人震惊得困难。"楼梯上的灵光"于我是家常便饭，更别说常常跳戏，无法完整地扮演自己的角色，或者完全被对方带偏，把该与对方交换的条件忘得干干净净。"你这句说错了，你应该马上告诉对方这个价格不行，在这个局面里，只有你能说这句话。""你必须在电话里把这个条件说完，你只有这一次机会，对方说什么你都不应该接，不应该答应他去打电话给别人，对方的目的就是让你不要找他，让你尽快挂掉电话去找别人，你对此完全没有思考。""我跟你说过很多遍了，你去跟对方开会之前，要推演出各种可能，做好预案。""你知道自己笨，就应该把所有话全部写好背下来，没有别的办法。""你知道自己临场反应差，就应该把谈判节奏从一开始就放慢，慢一点，一句句，边想边说。"这些话对我而言，每一句都是一个崭新的世界，我在其中小心翼翼，唯恐走错。每一次会议，每一次复盘，其间隔有时很短，有时很长，短的时候我来不及思考，长的时候我又觉得会无法一鼓作气，我觉得自己没用，信心开始瓦解，这些仗其实都是她在帮我打。我像一个傀儡，被她紧紧地拉着，每一个表情、动作，都是她精心设计安排的结果。晚间我躺在床上，觉得自己变得很轻，那个纸背后的轮廓渐渐清晰，飞在我的上空，使我渴慕不已。

录音放得很慢，因为她从不快进，会议有间隔，我们就也停下，这使那些复盘的夜晚变得很长，我们总是熬到凌晨。她精力充沛，毫无倦意，很难想象她还拥有良好的皮肤，总是容光焕发，有时她凌晨回去梳妆，三个小时后又出现在公司，我觉得她家里是不是有一个充满魔法的炉子，她每天重新将肉身熬炼，崭新出炉。而我总是觉得困，睡不好，梦里全是她的影子，我觉得烦躁，觉得她不过是讨厌我，是拿着鸡毛当令箭。我开始认为我的处理办法说不定更好，是她过于刚愎自用，始终从自己的主观出发，不顾我也是有自由意志的个体。我觉得她控制欲太强，但又不敢说出，也不敢真不听她的安排。12月底ZA项目第一次竞标之时，我负责的价格谈判再次出现问题，她大发雷霆，痛心疾首，而我觉得自己其实完成得很好，复盘录音之后，我得意扬扬，她露出冷笑，指出我制定的策略完全错误，我目瞪口呆，那时我已经入职一年，自以为很了不起，却犯下这种错误，她罚掉了我的年终奖，并变本加厉，要求我不只要录音，连谈判之前的准备文档也要一一给她审核过目。审核的时间不可避免地再次延续到了凌晨，我怎么也改不对的时候，她让我从位子上起来，自己拿我的电脑敲敲打打，我在背后看着她把一个句子颠来倒去地改，完全不明白她为什么这么做。我觉得她是在浪费时间，又加上站立的姿势给了我高于她的幻觉，终于忍不住在背后说，这些句子为什么要这么改，我觉得我点都写到了，你这么调下去，我们今天又要通宵了。她没有看我，但我能够感觉到她压着火气。过了好一会儿，她才说，你写这些东西的方法完全不对，首先你不应该用一个长句表示好几个意思，你应该把要表述的点全部列清楚，然后一个短句一个意思，用最基本的主谓宾表达，把所有要点分开，反复检查，不至遗漏。然后这个文档，你需要打印成手卡带着，如果是电话谈判，你就照着看，如果是面谈，你就要背下来。你写成我改的这种方式，是阅读速度最快，最利于你记忆的。你并不聪明，你也没有必要保留你的个性。因为你的个性其实毫无亮点。你按我说的做，还能在这里混，你要不想做，天亮了就给我滚。她说完这些，扬长而去。我只好自己对着屏幕，按照她说的办法，一路改到了凌晨。她从我的椅子上站起来的时候，我打量了她那天的打扮，她穿着真丝的衬衫，稍微有点透，能看到Bra的颜色，她下面是一条蓝色的牛仔裤，把臀型包得很好看。我看着她一扭一扭地下班，心里跳动着蓝色的火焰。

此次事件之后，我的坏运气似乎过去了一点点，工作上没有再出过什么大的疏漏，她开始恢复正常的态度，不再动辄怒骂。这时已经临近农历春节，公司开始组织年会，一些漂亮的女同事要表演舞蹈，需要在我们这个阴盛阳衰的公司征集一名男生伴舞，其中一人相中了我，笑嘻嘻地拉我去试跳。会议室的音乐开得震天响，女同事们三三两两地跟着音乐扭动，看到我进来，她们围上来和我说东说西，我有些昏头，乐得被她们摆布，按着要求做出各种奇怪的动作。转身的时候，我看到会议室透明玻璃外面，她停下来看我，面无表情地挑了挑眉毛，我如遭雷击，停下来，忙推门出去，不料她又转身离去，置我于不顾，我追到位子上，讷讷着不知道如何是好，她说，你跳就是了，这个是好事情。我不说话。她又说，你开心就好了呀。我说，师父啊，她们刚找我的，我还没来得及和你说。她说，哎哟，没关系的，这个又不是工作，这个就是年底大家开心，你跳就是了，为什么这个也要跟我说呢？我弄不清她的真假，只好又掉头回了会议室。领舞的女生一看我来，又笑出来，小黑啊，你家师太答应了？我赔笑着说，我有个事儿没弄好，刚交代了一下。女生们笑成一片，不再搭理我。我最终被选上跳这个舞蹈，年会的舞台上，我被花团锦簇的女生们包围，戴着一个剧院魅影式的面具，无神地晃动着，每一次，我转身时就试图在台下找她的身影，但我竟没有看到。待我演出结束下来，她才从外面袅袅婷婷地走来，对我的表演一言不发，恍如一切并未发生。

之后一年的春季，我们组织供应商大会。会议之前，某上峰给我一个纸条，推荐了一个新的人家进来，我电话过去，约了对方来谈。对方非常强势，牛气冲天，完全没有把我放在眼里，并暗示和我们公司上峰某人有深刻的关系。这样的场面我见得多，自然仍旧是公事公办。开标之后，他们理所当然没中，于是首次见面时来访的那个牛气冲天的男总监再次上门找我，我司的某领导竟也在场，最后在会议室里谈话时，我兵来将挡，滴水不漏，他们最终恼羞成怒，对我破口大骂，我完全没有弄明白状况，被骂懵了，我没有想到他们会这么流氓，继而觉得这份工作可能是完蛋了。出门之后，我平静了一下呼吸，给在另一层开会的她打电话，她听了后说，我马上上来。我感到电话那头的她非常平静，甚至连呼吸都没有杂乱。她到会议室门口之后，让我到自己位子上去等着，然后独自走了进去。我坐在位子上理自己的台面，打算做好离开的准备。我翻到刚入职时的那个本子，打开背面，她的剪影仍旧氤氲在那片香气里，我望着她出神，不知如何是好。大约过了半小时，她出来叫我，在背后敲了敲我的肩膀。供应商总监和我司那个领导都走了，她和颜悦色地说，你什么事情都没有做错，我会给你出气，你是我的人，谁也不能欺负你，我骂你可以，他们不能骂，况且你又没有做错事，你也不会有事儿，你回去吧，当什么都没有发生过。后来又过了半个月，我听说我司那个高层竟因此离职，由此对她刮目相看。但在我以为一切已经过去的时候，我被派去北方出差，我这个职位并不需要出差，但公司一定要求我去当面考核那个外地供应商的生产资质，我只好勉为其难前去。在北方的一切是如此顺利，转瞬即逝，等我乐陶陶地完成任务回来，却发现我对面的位置已经空了。我去人事部询问，得知她已经辞职。我只好若无其事地回到自己的椅子上。打开邮件，我看到公司将我升到了她的职位。

我想起年会我演出之后的晚上，她坐在我边上，虽然一言不发，却一直在喝酒，最终不可避免地喝多。我看她出会场，晃晃悠悠地去洗手间，犹豫再三，最终起身跟了过去。我在女厕所门口等她，然后跟着她去楼上酒店开好的房间休息，收拾她躺下之后，她用手拉我，我在她身边躺下，她一动不动，我以为自己会意，就凑过去试图吻她，却被她一把推开，我望着她皱起又展开的眉头，就这么躺着睡着了。醒来的时候不知道几点，我看到她半靠着枕头眯着双眼。我说，师父你醒了。她说，你可以叫我茵茵。我说，茵茵你醒了。她说，你不是废话吗？我说，茵茵你喝多了。她说，你会不会说别的？我说，茵茵我跟别人跳舞你不开心了吧？她不说话，靠过来解我的衣服，但她不许我动她。我终于明白，只好静静躺着。我看她用丝巾把我细细地绑在床头，我看着她爬到我上面，她把我那个面具拿来自己戴好，又蒙上我的眼睛，勒令我不许发出任何声音。我知道我什么也不能说，什么也不能做，就好像现在录音笔还开着，甚至摄影头也在面具后面转动，我的一切都是她教的，我的一切她都知道，我的一切她都了如指掌，我什么也不能做错，我什么也不可能做错。我按着她教我的步骤，一个要点一个要点，绝无遗漏地行动，我感觉自己像个机器，我感觉自己就是纸做的她，她所做出的一切动作，都是我接下来要做的，她所感受到的一切快乐，我也将一一感受，最后不知道是她扯住了我的头发，还是我扯住了她的头发，我们剧烈地动着，躲在面具背后，吐出无尽的、白色的浓烟。师父，师父，茵茵，茵茵，黑色的我，忽大忽小的我，我看见了荷叶和荷花，我知道自己也被她画在了本子的背面，在那个面试的下午，她坐在我对面，领口很低，没穿Bra，那一瞬间，我看到了她的里面，那绝非人间的骨肉和灵魂，我决定把这一切都告诉她，我看见了，我不知道是不是晚了，我听到她拼命拍桌子，大声骂我，我梦见了海水，海水无边无际，我是快乐的飞灰，在她的炉中燃尽。

2

关于此行之不易，他早有心理准备，但仍旧没有想到会不易到这等程度。从辕门到大帐的一路上，他看到了之前被俘将领们的头颅。其中正有他试图带回的几位，但显然不可能了，他们被挂在道路两边的高杆上，有的甚至还在滴血。风把腥臭味一阵一阵地吹过来，夹杂着烧焦的、虎豹味儿的气息，远处火堆边上的蛮兵发出笑声和呼号，他眯起双眼望过去，但并没有停下脚步。之前的一路上，他已经干掉了不少蛮兵，但他们似乎无穷无尽，没有悲伤，永不低落，只会战斗，这让他觉得天地一片虚幻，重回了摇摇欲坠的太虚。能赢吗？想赢吗？他不知道，他的心开始变得无边无际，从辕门到大帐一共八百五十五步，超出常规近一倍，蛮兵势盛，这夸张的距离也是明证。他在大帐之外驻足，向上望了一眼天空，然后他进门作揖。直起身后，他直视堂上高坐的蛮兵统领，统领也看着他，彼此一言不发，统领的手从刀柄上松开，坐回身子，用蛮语吩咐随扈带他去休息。此刻距离日落还有半天光景，他跟着随扈慢条斯理地走，最后被带到一个小帐篷里坐下。他闭起双眼，渐渐入梦，感到周围巡逻的士兵像移动的灌木丛，不断地经过，发出沙沙的响声。

早年在城西，他有时也会和邻居们讨论一下灌木、花草，但这样的场景并不多见。他种的东西不多，且长势一般。据对面人家观察，他每日晨间日出之前准时出来浇灌，从不逾时或间断。但那些植物应该是自己有什么问题，不见开放、挺拔，蔫搭搭的，仿佛随时可能枯萎，却又仿若有一口气吊着，竟可不死。蛇木、猪笼草、秋海棠、天南星、君子兰……这些花都是跟他们从南方一起来的，北地不曾得见。包括他偶尔抱着出来招摇过市的大花狸猫。蛮人们都骑马，南人到了北地来也都学着骑马，没有人还像他那样，拖着过于宽大的袍子走在灰尘满天的巷子里，把猫卷进袖筒，只露一个头出来。这种做派太旧，也没有男子气概。国都亡了，过去的事情，就必须得让它过去。可他生得好看，瘦削的面庞，整齐的胡须，鼻梁挺拔，眼睛总是望向远处。他好看得像是不应该出现在这里。人们就躲在窗户后面看他。他微微低着头，神情还算得体，没有那种让人不舒服的傲然。

过来京城的南人多数是群居的，哭哭啼啼一大家子，被丢在这脏兮兮的城西。当年，他们在地面上站定之后并没有多花时间伤感。房子是前朝的，年久失修。起初，他们站在车子上遥望，觉得这些建筑气派尚存，不禁喜出望外，近前一看，才发现又旧又脏不说，木头都朽坏了，顶上的瓦当也多数破破烂烂。这些房屋被坑洼不平的小巷子分割成几个街区，分出了高低和大小。族长带着大家修葺，整饬，一点一滴，从深冬一直忙到了第二年秋天。从入冬起，这里才开始变得像点样子。这时节，粗重的气力活都结束了，妇女们开始出来写写画画，敲敲打打，房前屋后种上了花草，门前依例放上了石兽，窗棂上有雕花，照壁上有山水，一方污水湖也连上了清渠，放下了几尾锦鲤……生活渐渐开始有了样子。

经过那几场残酷的战役之后，工匠已经非常稀少。如今的蛮子官家用不上他们了。蛮子官家用得上牲畜，女人、庄稼汉，连读书人他们都觉得犯踌躇，遑论这些说不大清楚自己究竟能干些啥的家伙。他便是其中之一，最无用的一个，要不要他的命都无所谓，所以偶然活了下来。他做一些傀儡，纸的、木头的、金属的。但多数是纸的，火一烧连细铁丝都剩不下。他过去在南夏京城的瓦肆里有个铺子，一些带小孩的妇女会来光顾。他话很少，人们叫他"无伤"，铺子门口有个木质的铭牌，上面写着一个"范"字。铺子的正屋是低于地表的，人们从台阶上走下去，能看到他坐在柜台里面，用细长的手指穿过弯曲的线。每个月十五，他到店门口的街道中央，立一个火盆，烧纸，他的大花狸猫蹲在边上，直立着身体。渐渐人们发现他的烧法不同，他烧的不是纸钱，而是纸人，烧之前，他用手将其细细撕碎，头、手、脚、躯干，一一丢入火中，火苗忽闪忽闪，发出异响，却又不那么容易听到。没人敢靠近，只是坊间飞短流长，说那响声是纸人的哭喊。

城破了以后，他却没有跑掉，而是紧紧地关上了店门。蛮兵在四处糟践完以后，终究还是找上了门来，但奇怪得很，他们怒冲冲地进了范无伤的门，却又笑嘻嘻地出去了。人们传说他会幻术，可是又都没有见过。但也许不是真的，他没有什么法力，因为毕竟最后他也被抓到了京城，变成了这群亡国奴中的一个。押送的途中，人们看着鞭子抽在他背上，看着他的锦袍蒙尘，变得破破烂烂，也看着他和别的俘虏一起抢那掉在地上的胡饼吃……也是个可怜人吧，这世道，并没有人能得免。

　　城西的这块地方，原本的住民是谁已经没有人知道了，叫什么就更不知道。它位于京城郊外的西边，南人们叫它"西园"。为了生活，在初步安顿以后，西园的人们就开始进城谋生路。木匠、花匠、画匠、铁匠、石匠……他们凑在一起，在京城的西门口辟了一块地方沿街叫卖。范无伤混在他们里面，做了一些纸人纸马，希望卖给孩童。他不开口讲话，每天做的数量也不多，一只手即能数过来。有人买，他不说话，只是看着人家。只要看着给一点钱，并不讲价。他长得太好看，来买他东西的多不是孩童，而是一些达官贵人的女眷。她们一半是买东西，另一半是为了打量他。却也仅仅是打量而已，蛮人看不起这些南人。这些西园人，作为南人里的零余，就更是灰尘般的存在。灰尘般的杂碎里，居然有看起来还不错的家伙，本身就是个谬论。

　　住他隔壁的画匠姓陶，带着老婆孩子一起来的西园。匠人没有名字，人们都叫他陶画匠。画匠的儿子五六岁的光景，不喜欢学画，整日跟着木匠瓦匠的儿子们拿着木刀木剑打打闹闹。一日，这帮小孩儿玩"官兵抓贼"，闯进了他的院子，乒乒乓乓打碎了花盆，惊走了老猫。他走出去，看看这帮孩子。他们也不知道为什么没有跑。他抚了抚画匠儿子的头，说："你明天来跟我学东西吧。"画匠儿子落荒而逃，回到家就病倒。画匠请阴阳仙儿来招魂，法事做完后坐在院子里说话。

"令郎的病并无大碍，就是受了惊吓，我已经帮他请了神，过几天就好。"

"感谢先生，这是一点心意，还望收下。"

"对了，令郎病好后，记得带他去隔壁与范无伤道谢，据说他在挑徒弟，令郎资质不错，如果以后能身兼两家之长，也多个些安身立命的办法。"

陶画匠应承下来，次日便登门拜访。他倒也爽快，仿佛早知道他们为何而来，都是大难之后的零余之人，当下磕头拜师了事。

画匠儿子叫厚生，瘦瘦小小，性情活泼好动，无伤叫他从家中随意拿了一把木剑来，教了些简单招式，令他在院中随意玩耍。院中有花草，盆景，还有池塘。池塘中央有假山，山上有亭台，池中有鱼龟，厚生练剑之余，爬上爬下，玩得不亦乐乎，那只大花狸猫在旁观看，神色与厚生颇为亲昵。某日里，厚生不慎再次捣毁花盆三个，他不以为意，挥手拂去，还拍了拍厚生的后脑勺。在此之后，他对厚生的授课改在屋内进行，别人再不得见，而厚生也不再出门与他人玩耍，只是穿梭于他家与自家。之后数年的某一日里，他带着厚生到西门口出摊，人们惊觉厚生已活脱脱变成了一个缩微版的范无伤，打扮、动作、神色都出落得一模一样，倒不像是陶家的儿郎了。出摊之时，他坐着，厚生立在身前，代他招呼客人。他们出售的东西仍旧是那些纸人纸马，有一些新折的纸猫，标明是厚生的作品。纸人纸马常常让人觉得阴鸷，纸做的猫儿却有几分可爱，那段时间，生意确实开始变得比以前要好。

　　那段时间，域内已经平定，眼看着日子越发正常，蛮子官家没有来多管这些南人。折腾去吧，国都亡了，谁关心他们还在折腾些什么。当地蛮人没有谁愿意来西园，他们最多到西门口。只有负责保卫的官兵们每天清晨傍晚来西园巡视一番，再后来，官兵们也松弛了，不知道是不是因为这一点，西园反而渐渐繁华起来，多了不少不知从何而来的陌生人。无伤和厚生出门越来越少，但某一年春天，终于有人夜里敲范家的门。其实不敲也进得去，他从来不锁。那晚，一个蒙面的黑衣人在堂屋站定，先发出鸮叫，继而轻声问道，先生，近来可好？他并不答话，只是眯着眼，在榻上支起身子，望向来人。先生可肯动手帮忙？他摇摇头，明明隔着布帘，来人似是看到了一般，于是起身离去，不再言语，他则继续躺倒下去。隔得半月，黑衣人又来，仍是一样的问法，一样的应对。黑衣人第三次来，乃是十五，他晚上在门口烧纸，由厚生和大猫陪着，一丝一缕地烧完，已是深夜。回到堂屋，刚刚坐定，正要遣厚生回陶家，黑衣人再次突然于堂中出现，一把制住了厚生。他沉吟良久，只好点头答应。之后，他连夜在屋内与厚生交代，拂晓与黑衣人一道离去。

　　黑衣人带他回了南方。南人不堪蛮人的统治，再次拥立先王子嗣，据一州之地造反，南军之中有人知道他的底细，竟不远千里，要迎他回去。早年南夏立国之初，高宗北伐，亲征吐谷浑，斩左右贤王，为追击吐谷浑可汗，携健卒五百，奔袭千里，深入大漠。人困马乏之际，遇屠楼，吐谷浑可汗不知所踪，仅得一女子而还。女子形容姣好，高宗纳为贵妃，翌年生下仁宗，立为后。庆应十年，高宗宠幸懿妃，皇后发狂而死。皇后死后，其寝宫内的数名太监宫女同时消失，不知所踪。高宗命人查探，只寻得二三纸折人偶。钦天监国师李相龙上本密奏此事，高宗震惊，下封口令，自此此事不再有人提及。在南夏国后来的历史里，也再没有此事的记载。但民间的传说则从来没有断过。最著名的莫过于南夏与蛮兵交战，一不知名偏将自告奋勇，要于万军中去取蛮兵统领的头颅。但当夜该名偏将并未稍离营帐。天明后，偏将献上统领头颅。出征的南夏王爷出营查看，发现蛮兵已经不战而退。回头查问，该偏将竟也已不知所踪，其营帐内，同样留下一个纸人。自此，关于纸人术尚存于世的传说不绝于耳。

蛮兵统领的大帐前后左右各百步，他坐在左边上首，随行的书记、护卫坐他身后。蛮兵刀斧手在帐外站满一圈，身影被火光映在帐上，显得高大而雄壮。当此时，统领闭目在堂上养神，他之前递上的割地而治的卷轴摊开在案上，对面的将官们各自轻声交谈，大帐中央，长发胡姬们的舞乐仍在持续。虽然是隆冬，帐中却温暖得如同盛夏，胡姬们身上只有轻纱，一个滑稽的侏儒，穿着狸花色的毛皮大衣，拿着鞭子在她们之间游走，不时打出鞭花，并不时在有人打瞌睡的瞬间高高跃起，从胡姬们的头顶快速掠过，引起一阵阵的惊呼。那一刻，他知道统领绝不会答应他们的条件，虽然蛮兵粮草接近断绝，但明日一鼓作气拿下南军却并非不可能，双方的战力从来都不在一个水平，南军虽然数倍于对方，并设计将对方包围，但如果统领决定反杀，胜利的天平立刻就会倾斜，天下的倾覆，仿佛就在这一瞬之间了。今天是阴历十五，他仿佛能看到外面天中的明月大而浑圆，散出冷冷的光线，他感到自己的长发在悄悄生长，身体也变得虚浮、不实，他闭上眼睛，听见外面刀斧相撞，犹如草木被风掠过。千里之外，厚生站在西园范家的小屋里，细长的手指正穿过丝线，他的脸上罩着一个黑色的木质面具，面具的眉心刻着一个小小的红色"范"字，面具的质地与南京瓦肆门前的铭牌一致。厚生面前的黑色条案上，一碗金色的酒水在月光下泛出银子般的光彩，酒碗下压着一张条幅，条幅上是万里河山，千里平原，平原中间正是蛮兵统领大帐，大帐周围草木皆兵。随着厚生飞舞的手指，一缕火焰从条幅的边缘烧起，大帐内一阵骚动，几乎晃动了碗里的酒水，一个身影持着剑，一个身影持鞭，被荷叶和荷花托着高高腾空，长袍上、狸花大衣上，沾着的水珠四散，月光和山峦之间，有一颗头颅轻轻落下。几乎是同一时间，厚生的面具从中裂开、落下，一片变成纸人，一片变成纸猫。他用手蘸了蘸酒水，粘起纸人和纸猫，起身推门出来。外面的西园大街被月光照得发白，街口的火炉正闪着幽蓝的火焰，他走到跟前，将纸人纸猫的头颅、手脚、躯干、尾巴，按着顺序一一撕下，丢入炉中，火苗忽闪忽闪，发出异响，又好像没有。厚生立着看火，在月光中一动不动。

北有大泽

春天的时候，彦打来电话，说，啊，我可能快要死了。

彦在南方待久了，说什么都会在开头或结尾加上语气词。他一个北方人，因此显得柔情了许多。我常常觉得彦像一只大象。"啊，你在吗？啊，我可能要辞职了呢。啊，我跟我父母闹翻了呀。啊啊啊啊，我要来不及了下次和你说吧。"他在电话里说着，我静静地听，有时出言安慰，有时开开玩笑。他总是有些急切，希望得到肯定和回应，而我能给到这些，很轻易地就能，常常一段时间以后，便能感到对面那只巨大的动物平静下来，然后我挂断电话去洗手，擦干，之后望着窗外叹一口气。仿佛是给彦听，然而他远在千里之外。每次和他通完话我都会洗手——过了蛮久才意识到，乃是因为手心出汗了。原来我也没有想象的那么轻松。

我们曾见过的，我和彦。当面的时候，人活生生的，三维的彦，坐在你面前，咿咿呀呀的语气，并不让你觉得他娘。他是淡然而可亲的。大多数时候他很沉默，但不因沉默而拘束。我看着他，他胖而高，坐下来像白塔，站来很巍峨。"一只沉默在夜色中的大象。"这念头在那一刻出现于我脑中，使我看着他笑。早年的时候我喜欢过彦，想必他也是喜欢过我的。起码是想睡我的，那些年里想睡我的男人很多，但我总觉得彦有些不同，这不同之处难以言喻，但我确信它存在。然而那时我们相距太远，我在厦门，他在上海。我们没能发生什么。我们想发生来着。于是他来我的城市看我，我想我们都知道那是什么意思，我也做好了准备，提前支开男友，甚至自备了一个套套，然而那次他来去匆匆，阴差阳错，或者他退缩，或者是我太想当然，我们甚至连饭都没吃完整。那次之后，我们之间的一切渐渐冷却。但也没有冷却到路人的程度，它在一个合适的地方停了下来，我们成了可以偶尔打打电话的朋友。

　　最喜欢彦的时候，我经常想起一片北方的大泽。尽管彦明明在上海。但是他来自北方，呼伦贝尔。他在电话里第一次提起这个词的时候，还有一些东北腔。那时我们才刚认识。再后来，大概是在南方待久了，这些东北腔从彦的口语里渐渐消失。那片大泽，它无边无际，蔚蓝而清澈。总是在黄昏时分吧，夕阳的余晖笼罩着地平线，晚风吹来，浩渺的水面波光粼粼，干爽明净，没有一丝雾气。水面上空，高高的天上，有大片鸟群，时远时近地飞着，无声，美妙。我总疑心这大泽就在呼伦贝尔，我问过他，他说没有，呼伦贝尔只有煤矿挖空后留下的大坑，没有大泽。但远处的水面上有人仍在划着船向更深处前行，也许是要去对岸，看不见的对岸。我看到彦站在水边，背对我，他似乎在看船，船渐渐变成一个黑点，之后彦也走了。夜幕低垂，我的心开始揪紧，然后我给他打电话，命令他在电话那头给我念诗，或者唱一些简单的歌。听着他温柔的声音，我会哭一哭，但有时也会哭不出来。

　　彦算是我的老板。他在上海一间杂志社工作，而我是他们的兼职编辑。厦门渐成文艺胜地的那些年里，我还在读书，仿佛是一夜之间，鼓浪屿就被游客们淹没，再接着是曾厝垵。彦看起来并不傻，但他们的杂志就不一定，那东西看起来花花绿绿，难看又肤浅，里面全是"潮流资讯"，除了北上广，他们也介绍厦门。我仔细翻过，其实没有明白为什么他们远在上海，却要把厦门不好吃不好玩的东西集合起来放在纸上。我只对彦好奇，我喜欢他在杂志上写的一切，喜欢坐在自习室里，把杂志摊开，用手指轻轻敲打他的名字——吴彦、吴彦。那时我在豆瓣上贴一些风景照，有时会有自己的背影，但没有露脸。彦发现了我，给我发豆邮说要用照片。照片发表了之后，他借着发稿费为名弄到了我的个人信息，再后来和我谈生意，让我做他们的兼职编辑。兼职编辑什么的我并不感兴趣，我感兴趣的是彦。我在聊天的时候勾引他，看他略带笨拙地套路我，我告诉他我有男朋友，他会失落一下，但过一会儿就又来找我说话。我给他发过一些身体的照片，他表示拍得不错，以后要来厦门看看实物，我哈哈大笑，这危险恰到好处，我很享受。认识彦的那段时间我很闲，现在回想起来，都是躺在床上拿着手机和他聊天，然而其实往往已经下午两点，我还没有起床。在床上聊天，总是容易变得暧昧，暧昧之余，彦就会催我起床，说我不可太过堕落。他将睡到下午视作堕落，由此可见是个非常无趣的人了，但我无法讨厌他，只是和他有一搭没一搭地说着，逐渐起身去吃饭，体测。老师对我们专业的体重要求很高，我那时饭也没法多吃，也不想运动，但所幸每次都是将将过关。我父亲对我的前途颇为担心，他觉得模特儿是青春饭，我应有别的一技之长，这种焦虑到了顶点的时候，他只希望我快些毕业，去找文员一类的工作，完全不要涉及模特儿行业才好。除了体测，我并不反感在展会上站直了给别人看，何况还给钱，那时这样的机会总是很多，我们被老师带着，出入各种场合，在领导或者豪车前方站直，被镁光灯闪着。这样站一天，有时有30，有时有50，室友们喜欢推测老师从中间扣走了多少，我不参与这种讨论。我帮彦他们做一期版面，有500块。我总疑心是彦偏心了我，但又觉得可能上海就是这样的行情。后来有一次我把这个兼职告诉了父亲，他在电话里竟有些语塞，冷了几秒钟，说，你大学毕业后，也许可以去上海。我对于不做模特儿没有什么执念，起码没有像我父亲那样的执念，但从那天起，我有了去上海的想法。

之前，杂志的版面里常常需要一些路人甲或者叫NPC，都是我拉同班的女生来充数，模特儿自然是有上镜的"种族天赋"，版面的角角落落都花团锦簇，待我快要毕业的时候，彦说我得帮他把下一个兼职女生安排好，他已经知道了我打算到上海来的事情。我和他说，你以为像我这样有头脑的模特儿是常见的吗，随便找找就一大堆。彦说，不然呢？我发一个哭闹的表情过去，人却在屏幕前笑，彦发了一个摸摸头的表情，跟着说，不要闹，尽快落实了人，你就到上海来。等到我真的在高崎机场候机的时候，人却有些恍然，父亲在手机里问东问西，彦那会儿应该在一个很忙的项目里，但我说好了先去他家落脚，他来不及接我，只是给我发了一个短短的地址，约好了我过去的时间。到上海的时候已经是晚上十点多了，彦并没有如我想象的那样冷漠，让我一个人奔赴那个未知的地址，而是叫了辆车来飞机场接我，我突然有些羞涩，红着脸跟他上车，他礼貌地拉着车门，让我先进去，竟还懂得用手垫在车门顶上，不知道是训练有素，还是因为看我太高而急中生智。坐在车里的时候，气氛就有些异样，我觉得这样的气氛会导致下车后直奔床而去，于是就想讲一些笑话，然而也不知道怎么了，世界上所有的笑话在那一刻都不好笑了。

彦的房间很小，除了一个过道就是床，地上铺了毯子，中间放一个懒人沙发，我把行李一丢就扑到地毯上坐下，大呼一声，累死了。我背靠着床，听彦在我背后窸窸窣窣地忙碌，我才意识到他突然变得很沉默，不像在电话里那么健谈。我听着他在洗手间里收拾着什么，于是大声说，不用太麻烦，我明天就去找宾馆住了。他说，我知道，我忙自己的事儿。待到他拿了洗漱包出来，我才意识到，他是要把这个房子留给我，而自己出去住。我有点愣，轻轻念叨了一句，我可以睡地板。彦没有接话，我也马上意识到自己的荒谬，我有一米七八，那个地毯睡不下我，彦和我差不多高，还这么胖，他也睡不了地板。彦生硬地说，我拍片拍了三个通宵，明天还有事儿要忙，睡不好就糟了，你明天自己去报到。说完他甩门出去。过了几秒又开门进来说，明天不要跟公司的人说睡在我家。彦从来没有对我这么凶过，我疑心他是不是嫌弃我，但第二天，他认真地和我道歉，说自己低血糖，一是不能睡不好，二是不能饿。我看着他说，我以为胖子都血糖很高呢……彦瞪了我一眼，不再说什么。

到了上海，我就算是杂志社的正式实习员工了，第二天一早我提前到杂志社报到，彦则到下午才姗姗来迟。他来后和我淡淡地打了招呼，然后带我去见主编。主编是个胖胖的中年男子，留长发，戴个黑框眼镜，正坐在转椅上摆弄一个相机，看到我，夸张地抬了一下头，以示我太高，接着说，哎呦，不愧是模特专业的啊，又漂亮又有才华。这样的男人我见得多了，只是努起嘴角冲他笑笑，不再说话。主编对彦说，你要好好带她，兼职和全职还是很不一样的，你准备准备，给她一个培训，让她尽快融入。彦点点头，说好的。我们俩话都太少，主编看着对话进行不下去，便转身坐下，最后说，你带她认识一下大家吧。于是彦带着我在办公室里走，他假模假式地给我介绍这是会议室，这是茶水间，我配合着发出一些惊呼，"好漂亮、好大、好干净"之类的。后来私下里我问他，那样的惊呼有没有问题，彦说挺好，起码展示了他不了解的一面。我原本打算住一晚就住到宾馆去，彦阻止了我，他说"知道你没什么钱"，我争辩着"我父亲还是打了一些钱给我的"，他没有理会，径直做出决定"不要住宾馆了，尽快去租个房子，租到之前住在我家，我先住到另一个朋友家去"。这另一个朋友是谁我是关心过的，彦说明了是男生，但谨慎地没有介绍给我认识。

正式入职之后，便不能只做那些实习期间做的工作，最先分过来的是"高端采访"，我深深地觉得自己不合适，因为我一点也不知道怎么和"高端人士"打交道，而且之前理解的采访也不过是嘻嘻哈哈问一些不三不四的问题。彦手把手地教我，我知道我做得很差，还很不严肃，但他居然都忍了下来。不知道为什么，我总是吐槽他，"以前知道你胖，没想到你越来越胖了"，"以为你在杂志社位置很高呢"，"以为你是很脱俗的人，没想到还是为了钱在工作"。这样的话对于一个免费给我提供住宿、总是请我吃饭、晚上还帮我改稿子改提纲的人实在是非常过分，然而那时我不懂这些，我以为我很直接，很可爱，我打定了主意，彦如果想睡我，我就和他睡一次，就一次，以后免谈。然而彦也很沉得住气，直到我搬去新居的第一天，他帮我搬家，和我共处一室，帮我收拾一些杂物，天色已晚，他从我旁边的过道挤过去，松软的身体从我的背上掠过，我汗毛倒竖了一下，但他若有若无地跟我说了句，那我走了。我转身过来看他，他脸上看不出表情，朝我招招手，自己推门出去。这个我租住的小区，离他家约有4站公交车的路程。从那时起，我们的关系就变得更正常了，或者从某种程度上说，是不正常了。我翻开微信上以前在厦门时和他的聊天记录，不禁有一些恍惚，又觉得有些好笑，我想了想，把它们都删掉了。

入职杂志社一年左右的时候我感觉自己已经适应了这种工作状态。但我还没有意识到，我觉得适应，觉得好混，乃是因为有彦在。我只觉得自己漂亮高挑，大部分同事女生和我比都是"霍比特人"，我觉得人人都爱我，活动部和客户部那边总有新来的男生问我要联系方式，我在办公室里对他们微笑，放电，但不理会他们晚上发来的微信。父亲仍旧每两周来一次电话，他认真询问我的工作，我的领导，我每个月的钱都用在了什么地方，我和他提起过彦，他没有多问，只说，逢年过节，你要拎了东西去登门拜谢。我不知道怎么接，只是在电话这边笑，之后也一次都没有去过。然后父亲劝说我去读个研究生，毕竟模特儿专业改行做编辑，他怕我跟不上节奏。我敷衍着，只是让他不要担心，我会好好考虑的。但等父亲说到第三次的时候，我知道他是认真的，便查了附近几个上海高校的成人教育信息，我认真和彦讨论是不是真的要去读，彦是鼓励的，我便和他约好了找一个周末去学校当面聊聊。但那年春天，上海雨水不多，同事们都在规划着要出去踏青，彦说，上海的春天很难有雨水不多的时候，确实难得，于是我便跟着大家四处游玩，苏州啊，周庄啊，乌镇啊，朱家角啊，千岛湖啊……后来又想起要去报名的事情，已经是夏天了。就是在那个夏天，我认识了"叔叔"。报名的事情，从此搁浅。

叔叔起初是我"高端采访"的对象，那一年，万众创业，涌现出无数的互联网精英，青年才俊，我们采访的对象里，十有八九是这一类人，都是些打了鸡血一般的说教狂，常常我开个头，他们自己便能说十几分钟不喝水不带停，而且几乎每一个人都会当场劝我加入他们公司，或者当场要求加我微信。他们都是那么直接，让我想起彦的害羞和沉默，对比强烈。叔叔以前是银行的，后来自己出来创业开公司，专门帮助创新产业园区融资。他和其他那些采访对象颇不一样。明明只比我大10岁（我93年的），着装打扮看着却像个70后，而且非常稳重。采访的间隙，我听他手下的助理、员工叫他叔叔，便好奇地问询，他笑着说，因为我老啊。我说，不老，看着还挺年轻的。他不说话，看我一眼，我突然觉得脸发烧，觉得被他看穿了我的心思。叔叔是采访对象里少有的比我高的，至少有185cm，戴着眼镜，瘦瘦的，我看着他塞在裤腰里的衬衫，心想，他若是穿休闲装，应该也挺好看。回公司以后，彦照常问我采访的情况，我没有多说，不像往常那样，会和他吐槽一大堆这些人是多么好笑，以及如何如何烦。我摆出一副很累的表情，早早回家去了。躺在沙发上，我拿出手机盯着叔叔后来发来的一条微信发愣："一起吃个饭？"时间显示已经过去了四个小时零三分钟，想了半天，回复了一个"好"。

后来和叔叔吃饭的事情，我没有告诉彦，我翻出藏在行李箱里的高跟鞋，穿着热裤去赴约了。来上海一年，因为觉得对霍比特同事们不太友好，我很少穿高跟鞋了，和叔叔并肩走在商场里的时候，我有一种做回自己的感觉。吃完饭，逛完商场，叔叔开着车送我到小区，他话不多，一晚上我们几乎什么都没有说。之前也并不是没有和采访对象吃饭，只是总觉得这次不太一样，叔叔看我的眼睛里，有我不能分辨的东西。我看着车窗外面的月亮，心里盘算着，那这样的话，他还会不会要求看采访的稿子？你知道，越是什么互联网精英越是麻烦，明明管不住嘴说了那么多，最后写出来却这也不能要那也不能要的……但在我这么发愣走神的时候，叔叔停好了车并突然朝我俯身过来，我眼角瞟见他的腰身很长，隔着扶手箱探过来吻一个这么高的我竟不显得困难，或者我疑心他的座位是特意设计过的，故意放低了副驾驶的位置，总之，我没有躲开，他灵活的舌头探过来，我浑身发烫，一股暖流涌向小腹，忍不住在脑海中骂了一句"我靠"，清醒过来的时候，我感到自己整个人瘫在了座位上，一动也不能动，而他已经解掉了我的胸衣，在我的胸前细细摸索，不过他还算矜持，没有第一次就往下面伸手。我突然忍不住笑了，他抬头看我，像是要生气又没有。我说，对不起，太小了。又说，我以前是模特，专门选出来的那种小。他错愕了一下，也笑，说，还好还好，以前是兼职模特吗？我说，专业的。然后抓住自己松掉的胸衣，打开车门跟跄而去。

就这么竟又过了一个礼拜，叔叔也没有联系我。我心里一直感叹着还好还好，没有第一次就失守（毕竟之前也不是没有过第一次就失守的经验）。办公室我的工位上，摆着一个镜子，既能看到远处随时可能走过来的主编，也能看到自己的脸，我看到自己这一个礼拜都会不由自主嘴角上翘，不禁心里暗呼这一次大概是完蛋了。我尽力管理着自己脸上的表情，避免对面的彦看出什么异样，然而彦还是感受到了什么，周五下班的时候，他突然跟我说，你怎么整个人怪怪的？我说，哪里怪了？他摇摇头，没有说话，愣在那里。我扭头离去。其实就在那一刻叔叔终于发来了一条消息，和上次的一模一样："一起吃个饭？"我总疑心他是从上次那条直接复制过来的。但吃饭的地方却没有重复，从西餐改作了高级中餐，我们两个人坐在一个包厢的大桌子前，隔得远远的。点菜的时候，他也不问我的意见，只是低声和领班交代，燕窝、辽参、鲥鱼、小牛排，分别怎么烧什么的，葱姜蒜辣椒都被他剔除了，领班和他很熟，不时请示一些细节，显然他不是第一次来这里，之后的每道菜都由服务员分好了才端上来，我疑心他不想跟我说话，于是便也没有多说。吃饭的时候，我偷偷打量他，他吃得很认真，很严肃，也吃得很多，吃东西的样子很香，不像彦，虽然那么胖却一直在节食……我这么胡思乱想三心二意的，饭没有吃下几口，最后服务员要帮我热汤的时候，我拒绝了，只听叔叔在对面问，你是吃好了？我说，是。然后他去了一趟洗手间，时间挺久的，我想起网上那些相亲吃了大餐，然后男方逃单的故事，不禁自己笑了起来，服务员奇怪地看着我，过了一会儿，叔叔回来了，单他也已经买好了。时间不过晚上九点多，我本想问他接下来去哪里，却发现他并没有往我家的方向开，我想了想，扭头过去对着窗外的虚空大笑，过隧道的时候，我看到暖黄色的光斑打在我身上，我闭上眼，把腿并拢，他把手放在了我大腿上。

　　一旦睡在一起之后，很多话便能够说开。我和叔叔躺在酒店房间的床上，听他说自己的生意，自己的家庭，老婆，儿子，房子，他也问我的，我和他说了自己的工作，厦门到上海，模特专业和痛苦的体测，初到上海的不便，以及继续读书的打算，但我没有和他说起彦。因为彦的不存在，我因此显得独立了不少，他搂住我，说会好好照顾我。这样的事情发生了，便不再能瞒得住，况且我也没有瞒下去的打算。由于我每个周末都很充实，再也不会找彦问东问西，也因为我突然有了一个超越自己收入水平的包，彦忍不住来问我，我和他说了叔叔的事情。彦说不出是一种什么表情，他只是说，你小心不要被人家的老婆打。我笑嘻嘻地说，不会的，不会的。叔叔不喜欢他老婆，否则也不会有我，然而叔叔喜不喜欢他老婆也和我没有什么关系，因为我并不指望做他的老婆，我觉得现在这样开开心心，很好。我坐在副驾驶上，看着他坚硬的侧面曲线、挺拔的鼻梁、修长的手指和粗大的手指骨节就很满足。起码他很帅，我和彦说，你看之前我们公司活动部追我那几个都什么质量。但他们没有老婆啊，彦说。我不介意这个，我说。那你记得你今天说的话，彦说完后便不再理我。我确实不介意，我和叔叔比较适合一起吃饭睡觉，但不适合聊天，聊天还是要和彦一起聊，叔叔太无趣了，心里想的只有生意。上班的八小时里，我和彦谈话，说起工作，说起新的采访，也说起叔叔，我把我们相处的细节都告诉彦，彦帮我分析，告诉我什么可以做，什么不可以。下班以后的时间，我属于叔叔，他来找我，接我去酒店，或者在他老婆不在的时候，带我去他家，我们在他和他老婆的床上睡觉，周末他带我去上海周边的一些度假村，同样是同事们去游玩的那些景点，但他带我去的，都和同事们去的有所不同。我总疑心他比他说的还要有钱，但他对这些事情都避而不谈。有一天晚上，我知道他有应酬，应该不会来找我，然而到了8点的时候，他电话我，让我打车到某某处找他，我从上海的北边，去到那个东南部的地址，得一个小时，然而我还是去了。到了以后，发现包房里不止他一个，而是有一大帮人，他已经半醉，站起身来向每一个人介绍我，说，这是知名时尚杂志XX的采访主笔，我惶恐着想纠正，因为主笔明明是彦，然而酒局上的节奏太快，没有人在意我在回应什么，他和我介绍了桌上的某总之类的一大票人，说对我以后都是有帮助的，然而我一个也没有记住，实际上，酒席已经到了末尾，有的人要转去下一场，而叔叔则要我陪伴。他牵着我在酒店的走廊上走，低声说，不好意思，我喝醉了，然后用手指勾我的手心，我莫名觉得他有些讨厌，只是冷着脸不说话，我心里知道他是跟这帮人炫耀我，微微有一些刺激，却又觉得不对，想来男人都免不了这份虚荣。第二天我将此事告诉了彦，彦第一次生了气。彦说，你以后不可再和他见旁人，只要是他的朋友，应酬，公开的场合，你都不可再去，因为你去，别人就知道你是什么角色。我不服，只是辩解，我就不能是他随便一个朋友吗？我就不能正常和他一起出席个什么场合吗？彦说，陈立，你不要自欺欺人了！你觉得你像他随便一个朋友吗？你们的关系正常吗？你们暗搓搓地来往一下也就罢了，你以后还要不要混了？而且你顶着我们杂志社的名头，你让别人怎么想我们？我被彦骂得有些呆住了，他从来没有和我说过这么重的话，我哭了好久，但他没有安慰我，自己走开了。晚上又见叔叔的时候，我忍不住告诉了叔叔这些，然后最终也将和彦的关系说给了叔叔听，叔叔沉默着，不停地抽烟，最后和我说，你要么不要在杂志社做了，来我公司吧。

第二天，我便去和彦辞职，我低下头不敢看他，他听我说完，半晌没有说话，我们都沉默着，彦起身去倒水，然后坐在那里一口一口喝，喝完一杯之后，小声说，既然你已经想好了，那就这样吧，不过你可以多留一些时间帮我交接，我得另外招人了。我点点头，你说多久就多久吧。晚上，我约了彦吃饭，彦答应了，我从叔叔请我的饭店里挑了一家不那么夸张的，但彦到了门口，一看就说，这种地方是他带你来的吧？我说是，低头不再看他。吃饭的时候，说来说去还是绕不开和叔叔的关系，彦先是建议我还是要想办法小三扶正，又建议我还是分手吧，去找同龄的男生。我不理他，只是不停喝酒，最后我跟他说，你这个王八蛋为什么不要我？彦瞪着我说，我没有不要你。我说，那你为什么那时躲着我？彦说，我没有躲着你，我那是不想耽误你，你觉得我们合适吗？我说，有什么不合适的？彦说，我们不般配，我配不上你。你的生活才刚开始，你应该找个更好的，但是更好的也不是"叔叔"那样的。我趴在台子上哭。最后彦把我带回了家。我抱着他一个劲儿亲，说我要睡他，要他带我去呼伦贝尔，我们一起离上海远远的，他推了我半天，终于被我勾起了火，开始就范。我们接吻，抚摸，折腾着把自己剥光，最后才发现他不行。我帮着他努力了半天也没有用，他浑身冰凉，那东西毫无反应，他向我道歉，说实在很久没做，我笑笑，说还是睡吧，最后二人在床上沉沉睡去。半夜里他扭过来抱我，他的胳膊太重，一下子把我压醒，但我忍着没有吭声，只是任他如此，在半梦半醒之际，我突然觉得，如果就这么和他去了呼伦贝尔，即使一辈子没有爱做，似乎也不错，比如，在冰天雪地里，头枕大泽，和巨大而暖和的彦睡在一起。

第二天我醒来时，彦已经离开，我百无聊赖收拾好自己，穿着高跟叮叮咚咚从他的小房子里走了出来，走到门口正好遇到彦隔壁的阿姨，之前我借住的时候她认识我，看到我一副又是惊喜又是恍然大悟的表情，说，哎呦，你又回来了啊。我讪讪地笑着，落荒而去。我再一次来彦的这个小房子，是在一年半以后了，其时叔叔去了美国公干，我在他给我新租的房子里醒来，才发现自己怀了孕，我没有告诉叔叔，却是第一时间给彦打了电话，因为和叔叔在一起之后，我和别的男生也约会过，我不能确定这是谁的，因此必须做掉。彦收到电话之后有些惊讶，但没有多说。他永远都是那么可靠，亲切，仿佛永远也不会离开。之后，他陪着我去检查，做计划生育手术，在等候区被人当作家属，我看着护士和他说，你老婆你老婆之类的，看着他点头哈腰，不禁想笑。他看我笑，就拿眼睛瞪我，但他眼睛太小，那种幅度刚刚好被我看到，由此就愈发显得滑稽。小月子期间，彦将我接在了他家中，从网上查了饮食起居的注意事项，对我悉心照顾，这一切，我都瞒住了叔叔。彦则在这期间，对叔叔的事不作任何评价，一副“只要你高兴就好”的模样，我在床上躺着百无聊赖，索性和他分析孩子更可能是谁的。离开杂志社的这一年多里，父亲得知我没有再去读书，便开始催我结婚，然而我并不想结婚，叔叔的事儿自然也不能告诉他，他每周打来电话，开始动用各种手段，给我在上海介绍男朋友，勒令我去见他拐了几道弯找来的男生。这些男生理所当然地奇怪，有的奇丑，有的极其幼稚，但见得多了，总有健壮快乐聪明可喜的那一类。比如有个小伙子，还在附近的大学读研究生，第一次见面就懂得把手伸进我的裙下，于是就顺理成章地和他们睡一睡，然而我得说，他们都不如叔叔，虽然比叔叔年轻，偶尔有比他帅气的，然而总的来说，还是叔叔最好，我打定主意要这个男人，所以还是瞒着他的好。我和彦说，彦听着，沉默不语。

休好小月子，算算叔叔也该从美国回来了。后来我知道他去这么久，乃是因为带着老婆孩子，好像是要让儿子在那边读初中。我把这个告诉了彦，彦说，你愿意做一个初中生的后妈吗？这个太难了啊。我说，不知道，我现在还想不了那么多。就是在我小月子之后吧，彦不声不响地开始锻炼，我发现他的微信步数每天都是朋友圈最高的，我问他，他笑而不语。后来又过了蛮久，他的朋友圈里发出一张图来，他已经开始跑马拉松了。但他那次没有拍摄自己，我疑心他已经很瘦了，于是约他吃饭，他说他现在吃得很讲究，就不去乱吃了，我问他要照片，他也不给，最后竟还是在杂志社同事的朋友圈里看到了他，他已经彻底变成了一个瘦子，只是并没有好看起来，头仍旧圆圆的，胡子拉碴，看着像个皱皱的猕猴桃。那张照片还是引起了轰动，下面共同朋友们的留言留了很长，无外乎胖子都是潜力股之类的谀辞。这些年，大家都没有见过什么奇迹，可能朋友圈里有彦这样的人能减肥成功，便是最大的奇迹吧。我想象着彦的脸配进微商广告："恭喜吴总瘦身成功，左手事业右手爱情……"但是彦有爱情吗？我不禁陷入了沉思。他渐渐变成我朋友圈里刷马拉松的那种人，我看着他一路上海、北京、武汉，然后刷到东京、伊斯坦布尔，我给他的每一张照片点赞，却也掩饰不了我们的疏远。

疏远了彦，我也没能够嫁给叔叔。我第二次怀孕之后，医生说不适合再堕胎，叔叔给出的方案是让我去美国生下来，我拒绝了，我正式提出希望和他结婚。实际上，叔叔的老婆早就知道了我们的事，她选择忍让，然而像所有故事里一样，叔叔不肯离婚，但他说，不是他不肯，是现在离损失太大，目前的所有财产都要分给老婆一半，甚至更多，他希望我先去美国生孩子，之后用我的名字注册公司，等他慢慢把资产转移到我名下，然后再谈离婚的事情。我答应下来，但是一天天大起来的肚子和升高的孕激素使我的情绪非常不稳定，我情绪反复，有时觉得这个耳鬓厮磨至今的男人一点也不值得信任，对他大骂出口，有时又觉得他是我今生最后的稻草。我给他老婆打电话，他老婆并不理我，她笃定男人不会离开她，反而衬托出了我的虚弱。我只看过那个女人的一张照片，我当着叔叔的面说，她不止是霍比特人了，她是地精。然而我即使自诩高等精灵，最终也还是被地精爆了头。我肚里的胎儿没能保住，叔叔没有说什么，但在我情绪彻底崩溃和他大吵一架之后，叔叔消失了一个月。最后他出现，给了我一笔钱，说受不了我的脾气，要分手。我答应下来，只好去找彦哭诉，彦出面找了叔叔，不知道他和他谈了什么，最后叔叔给的钱又多了一倍。休养好身体后，彦没有让我回杂志社，而是发一些稿子给我外包，我认真地写，从来没有过那么认真。我第一次外包交稿以后，彦回了一个OK，我才想起好像在我们合作的后期，他确认我的稿子总是很快，也总是照登，也总是一个OK。我正对着那个OK发呆，突然彦发过来一大段话："从你在厦门第一次给我发专题开始，我就知道你是个有才华的姑娘，你照片拍得好，文章写得好，人还这么漂亮，还是个模特，我已经很多年没有见过你这样的姑娘了。你所做的一切我都能理解，但是你记得不要把自己弄死了。"我趴在电脑前号啕大哭。

又一年春天，在我觉得自己渐渐复苏的时候，我准备厚起脸皮让彦再把我拉回杂志社，比如去管管公众号，帮商业客户想想段子什么的也好。不想彦打来电话，说，啊，我可能快要死了。我愣了一下，不要开玩笑，你在说什么？彦平淡地说，不开玩笑。那次我们睡觉，我不是不行吗？然后那次之后我就去检查了，说我心脏的瓣膜有问题，这么多年查下来，也没法治疗，但是要活得久一些，我就要减重，然后我就去减重了，你也知道的，但现在减下来，还是不行，到今年过了年以后，我开始心绞痛，以后跑步也不能去了，医生说出现了心绞痛，我的预期寿命就没多久了。我在电话这边哭了出来，问，那能治疗吗？彦说，治不彻底，只会更麻烦，我也不想治。我在电话这边放声大哭。彦说，不要哭，要么等我真死了你再哭。我说，你是我的救命稻草，你不能死。彦说，不好意思，把你骗到了上海，我没有能够负责到最后。我说，你还没有带我去呼伦贝尔。彦说，我们倒是真的可以一起去一次呼伦贝尔，让你看看我是如何长大的。彦又说，其实我骗了你，我们呼伦贝尔是有大泽的，我们是大泽之乡，大泽之都，我们是塞上江南，我们那里能种大米，所以你看我爱吃大米。我们呼伦贝尔最大的大泽，有六个太湖那么大，可以开核潜艇，有一种没有刺的淡水鱼，淡水鱼奇大无比，有一人多高，每年冬天，待到冰雪覆盖，湖面冰封，人们就凌晨起来，在冰上凿洞，鱼会从洞中自动跳出，像一只只海豚。这些跳出来的鱼可供无数人食用一个冬天。我小时候最爱看冬捕，7岁时有一次失足落进了冰洞，我从小会游泳，会闭气，然而慌乱之中却找不到出口，只得在冰下挣扎，眼看就要窒息，才被人们敲碎冰面救出。后来上岸，算算时间，实在是奇迹，根本不可能活下来嘛，但是还是活下来了，因此我这条命就是捡来的，活到现在，已经不冤。我说，我知道的，我知道你们那边有大泽，但你没有告诉我，你一定要带我去一次，我们要在那里待上一整天。彦在电话那边沉默下来，但没有挂断，我一直听，他似乎把电话放在了一个奇怪的地方，我听到了风声，波浪声，幽遥的鸟叫声。我笑着说，你骗人，你放的音乐吧？彦没有说话，鸟叫开始变得更真切，风也似乎吹在了我脸上，我抬起头，看见了夕阳，彦高大的背影朝着它落山的方向走去，渐渐消失在波浪深处。

白巨人的黄昏

他的书桌正对着窗户。透过窗户能看到对面楼，玻璃不平，有反光，对面的墙壁常常因此在晚上显得明晃晃，他多次跟别人提起这种明晃晃，就在几年之后，他和李雪那一伙儿人蹲在路边，他们要他说一说那时他在虹口住在什么地方，他提起来，说是一个老房子的二楼，路口的路灯不亮然而月色倒常常不错，经常照得对面楼的外墙明晃晃，特别美。李雪用路沿石磕烟灰，呵呵呵地笑，眼睛眯成一条线。但他不确定那种明晃晃是不是真的照亮过他们。

这个窗户是他幻觉的源，那段时间，他热衷于自我致幻一事。说起来也不丢人，就说说清楚吧。工作当然是非常无聊而苦痛，钱也少，他的大脑里想来一贯有某种自我保护机制，以抵御"无情现实"（现实未必无情，也无非是他觉得人家无情）的伤害，这种机制的表现就是自我致幻，或者叫白日做梦。他没什么地方可以去，因此只好坐在书桌前，对着一台奔三处理器的老电脑，记录这些幻象。这个方式，事后看来很有用，不知道能不能上缴国家，在人民中推而广之。

具体来说，一般人下了班吃过晚饭，无非是打开电视看看，或者外出散步，之后困了便上床睡觉。他就要麻烦一些，电视他看不进，因此只能有时翻翻书，然而他习惯很差，经常拿着一本旧书来回翻。也不是没有试过看新书，他心理太脆弱了，有时鼓起勇气翻看一本新书，结果不好看，他就得因此伤心很久（这种精神疾病，在当时被他珍视并误认为才华）。只有在一些柔软而平静的时刻，他才能觉得自我得以微妙的伸展，便只肯翻开一本旧日看过的、确定好看的书来。然后在那些一再重现的美好里，将夜晚虚度。但总有书也看不进的时刻，便需要幻觉的帮助。

他幻想外面的街道上出现了一支军队，穿着黑色的制服，在马路上发出整齐的脚步声，成群的乌鸦盘旋在军队的头顶，路边有卖柿子的老人。为什么是卖柿子的，他并不深究，只是安排老人站在那里，然后有出门吃夜宵的人，穿着衬衫，拎着两只烧麦来买柿子（也不怕胃结石）。乌鸦盘旋着，军队开始狂欢，想必是因为刚打了胜仗，有人粗手粗脚地撞翻了柿子摊，军人们的皮靴踩烂了柿子，柿子和雪混在一起，天上的月亮发出的冷光越发灿烂，简直像个冷冷的太阳，他从窗口望着这个场面，浑身激动得发抖，觉得自己是世界之王。他在文档里，将这些幻觉缀列成句子，只有他自己能看得懂。他开心极了，这种开心常常持续到午夜，直到他疲惫而骄傲地睡去，并支撑他第二天可以走在阳光下，将生活继续下去。他有时想借助烟草或者酒精来延长这些编造幻象的瞬间，但是没有成功过，这些东西只会让他头晕或睡着。他需要的是清醒。他觉得自己的幻觉清醒极了。他在外面的街道上看见过大象、麋鹿、龙、纸人、行脚的僧人、古代的杀手、酒鬼、蒸汽机、白色的老人，以及叫星期五的鹦鹉……他清楚地看到它们，然后记述下来。为此付出的代价是：他习惯于对现实适时地做出放弃，让步。

他一个月收入4200元人民币，公司支付现金给他，他借此避税，他看到自己的合同上写着的薪水是2500元。然后房租要占去1000元，吃饭大约要再占去800—1000。剩下的钱他存在银行里，每个月与那串数字对视一次。那个数字也会使他产生幻象，使他不为自己低微的收入羞愧，存款超过5000，他就觉得自己坐在钞票堆里，像个富豪。但在他QQ的同学群里，他默默知道这个年纪在上海工作的，一般情况下多数人的薪水已经超过了8000。从世俗的各个标准来衡量，他都是个失败者——日常他体会不到这一点，但总会有不日常的时候。曾有大学时喜欢过的一个女生到上海休假，出于同学之谊约他见面，女生从一辆奔驰车上下来，交代自家老公先去别处，然后和他招手，他

定定地站在路边点头。在路边走了1公里之后，他才醒悟对
方穿着高跟鞋很不好走路，但本就没有吃饭的打算，只是
想聊聊天的，于是只好"去家里坐坐"。他从未期待有什
么玫瑰色的事情发生，然而女生上过厕所之后第一个反应
是："你家的厕所怎么有一股味道，应该清洁一下了"。
为了迎接这个客人，他放了一个洁厕宝在马桶水箱里，但
仍旧没有挡住本来的怪味——之后是漫长的冷场和尴尬，
他搬出一些书给对方翻看，大约半个小时之后，女生自行
离去。他靠床坐在地板上，觉得自己被深深地刺伤。之后
他在和女生交往方面就再也没交到过什么好运。他拼命刷
了几次那个破旧的马桶，然而再也没有勇气带别人回来帮
助他分辨厕所到底有没有味道。幻觉能够帮助他解决现实
问题，但这种效力无法影响别人，他幻想有和他一样的女
性，然而又醒悟过来这根本不可能有。

　　他住的地方临近一个大学，他想过去那里碰碰运气，
除了一些需要证明才能进入的地方，其他的区域他都游荡
过了，教学楼、操场、图书馆、对外营业的食堂、咖啡
厅……但他发现尽管毕业不久，自己就已完全没有办法重
新融入这个世界，没有人认识他，没有人在意他，他的几
次搭讪也失败了。比起这个学校里的学生，更愿意和他聊
天的似乎是旁边菜场里苏州藏书羊肉面馆的老板。老板留
光头，不忙的时候坐在最靠店门口的台子上，喝黄酒，
抽牡丹牌香烟，每次都涨红着脸跟他调笑："还是三两白
切加一份肉？"他点着头，坐下来，听他吩咐自家老婆切

肉，教新来的服务员折台布。只有在这里，他是放松的。之后他迅速放弃了去大学以及其周边区域晃悠的行为，他知道自己是可笑的。而关于没有养成脚踏实地的习惯这一毛病，幼时他父亲曾经反复地教训他。"唉，为什么总是要跟别人不一样呢？""真是烦人了，怎么这孩子这么古怪？""不实在，果然与我猜想的情形一模一样，老师给你的评价也是如此，你太不实在。""多说了也没有用，说狠了你还要恨我。罢了。"

所谓的"不实在"，他理解起来似是而非，或者他根本就没有听进。他是切实存在的，站在大地上，尽管他常常觉得它发软，且自己常常几乎要飞起来。"大地是银的。"他听见自己在幻觉里说，"我是实在的。"父亲的话，他根本听不进。他只在意对方说话时的情绪。"咦，父亲居然生气了。""父亲真的生气了吗？好像是啊。""他在对我发火啊，是不是要后退些，离他远一些，免得被他暴起殴打……""如果露出忏悔的表情，应该会好些吧？"

他应该是非常善于"在与人对话时错过重要信息"，但也不知道要如何去改这个缺点。于是他顶着这个"不实在"或者叫"华而不实"的招牌走到现在。从来不是凌空蹈虚的神仙啊，如果是倒还好了。被生活教训得满地找牙的时候，他也默默自问："这算是实实在在地吃了亏吧？这便算是实在生活过的证据吧？"然而父亲那时已不在左右，无法及时出现，与他击掌，说一个"好"字。

　　他对刚租下的这所房子当然是满意的。这里虽然破旧，但是离四川北路很近，是一条小马路边上的小别墅。他花了较低的价格租下了二楼。然而麻烦是还需要向前一个房东讨要押金。向他人追债和拒绝他人借钱乃是多年来困扰着他的两大难题。要在何时说，怎么说，他都没有胸有成竹的经验。而前房东明显是个狠角色，在得知他要搬离之前数月，便开始种下一些种子给他。

　　"我过去的那个床你换掉了？"

　　"按你的要求换掉了，买了新的在这里，新的当时拍照给你看过的。"

　　"新的我知道，新的没问题（说着她用手摩挲着床边），但是我的旧床是非常昂贵的，你如何处理的？"

　　"啊，我丢掉了。"

　　"怎么丢掉的？"

　　"就是放在了门外。后来不见了，应该是被收废品的搬走了。"

　　"这，我的旧床我还是要的呀……"

　　"可是已经过去一年了，为什么现在才说？"

　　"我不管啊，我要我的旧床。"

　　他不知道人如何能讲出这么无耻的话来。但他愣是说不出什么道理，只能陪着点头。总归是自己不对，疏忽了，径自将旧床丢在门外，想来收废品的老头倒是开心了一把……而前房东得意地看着他："这个我也要从押金里扣。"

类似的事项实在是不少，他越算越泄气，觉得是不是每个房东都有一本"如何不退押金指南"。然而他只能泄气，对于这些事情，他是拿不出什么办法的，只能默默忍受，让难过的情绪慢慢过去，之后他便可开心起来。比如，想想即将入住的新家，以及可能会随之产生的幻象。

那时姜鸣是他唯一的朋友，他们在一个网络论坛里认识，互相交换写的东西。姜鸣对于他记录下的幻觉，给出了不低的评价。而且，将之称为"诗"的，也是姜鸣。姜鸣告诉他可以从事文字类的企划工作，又帮他改简历，推荐单位。每个礼拜，他们会吃一两次饭。认识李雪是因为姜鸣喜欢李雪。姜鸣约李雪见面的时候会带着他，他们在一个像防空洞一样的酒吧里，听震天响的音乐喝十块钱一杯的伏特加。李雪隔着T恤捏着他和姜鸣的肚皮说，不错，都还没有赘肉呢。他脸烧得通红，不知道是害羞还是因为喝酒。李雪戴着一顶软帽，穿长裙，红嘴唇因着这身打扮，自然而然地从面部凸显出来。他偶尔抬眼看她一眼，发觉隔着台子也能闻到她身上浓烈的香味。李雪跟姜鸣回家之后，他还能记得他们俩的皮鞋在酒吧门口的石阶上敲出清脆的响声，那响声使他疲倦而羞惭。之后他一个人坐着公交车回住处。尽管这些约会比起他自己一个人待着要无聊得多，但他还是很乐意去，在角落坐着，看姜鸣和李雪调情，然后自己喝酒，赔笑。

后来，李雪带了自己的朋友陆楠加入。陆楠是个漂亮的男生，剃了光头，眼睛很大，五官立体。陆楠刚见面就拍他的肩膀，李雪凑在他耳边告诉他"陆楠是喜欢男生的，你小心点"，之后哈哈大笑。他对此浑然不觉，陆楠也并不多看他一眼。他只觉得此人脏话不断，不停抽烟，酒也喝得太多——然而真的是帅气，如果他也有这么帅气，想必与异性交往之际会顺畅许多……陆楠第二次来聚会的时候，酒吧人不多，他听着大家聊天，竟在沙发上睡了过去，醒来发现李雪和姜鸣已经离开，陆楠坐在他边上，端着酒杯冲他笑，之后又突然凑过来吻他。他脑子还在睡觉，有点懵，任由他把舌头伸了过来。这是他第一次和男性接吻，他有些不知所措。之后陆楠跟着他回家，他破天荒叫了辆出租车。进门后，他没有开灯，他让陆楠睡在床上，自己在电脑前无聊地翻看着网页。听着陆楠发出鼾声，他也渐渐趴倒在桌子上。醒过来的时候，他已经被陆楠搬到了床上，那个在暗中仍旧有点亮的脑袋趴在他双腿之间。快乐和恐慌一起冲击着他，直到他完全清醒过来。之后没有再发生什么，天亮之后，陆楠离开，他躺在床上，想着一会儿还得去上班。

中午在办公桌前看PPT的时候，他对自己的性取向产生过一些怀疑，但这个念头又很快被挥去。陆楠太漂亮，在他的感受里，他是作为一个女性为他做了这些事情。再之后的聚会里，陆楠就没有再出现过，而他们那晚发生的事情李雪和姜鸣似乎也并不知道。他没有好意思问陆楠哪里去了，李雪也没有再提。然而他的欲望似乎在那件事情之后被彻底唤醒，欲望给他带来了一些奇怪的自信，这之后不到一个月，他在酒吧里认识了一个新的女孩儿。女孩儿自称Vivi，染黄发，抽薄荷烟，在附近的一间幼儿园教大班。她跟着他回家，在他的房间里光着身子走来走去，甚至主动提出在凌晨时分到阳台上做爱。她趴在栏杆上望着外面，让他在后面忙活，如果此时有人还醒着，就能看到被月光照得清清楚楚的他们。Vivi填补了陆楠带来的空白，也挥去了他内心深处对于性取向的恐惧，也许他不讨厌变成喜欢男人的人，但这会带来一些不必要的麻烦。与Vivi之间的身体快乐到达高峰的时候，她甚至会高兴地提出，要介绍自己的同事或者朋友给他。"我觉得你挺不错的，我的朋友，她刚好也需要人跟她睡。"这种话让他们之间的关系从一开始就带着放纵的味道。虽然直到最后，那个同事也没有出现过。他仍旧清楚地记得，某个夏日的午后，Vivi趁着幼儿园因为某些安全培训放假突然跑来找他，他那天刚好也不知道为什么没有上班，不期而遇的激情使他们在床上快乐而细致地摆弄彼此，花去了一整个下午。黄昏时分，Vivi坐在他的电脑前，看他记录的那些幻象，并轻轻地念出来："现在，我的女王，请让我为你熄灭手中的烟。我的动作，将被击散，在你脑内的小行星上。现在，请让我亲吻你的脚，不管，会不会有那些过分柔软与黑暗的人，从你的门里走出来……"她渐渐激动起来，把赤裸的他拉过来，揽在自己双乳之间，让他吻自己的胸口，并一路吻下去，最后她大声地念他的句子，用双腿紧紧地夹住他的头颅，开始了剧烈的颤抖。

除了这样的时刻，他对Vivi知之甚少。她总是飘然而至，又离去，他试图带她去见李雪和姜鸣，但她轻巧地绕开话题，不拒绝，也没有答应。Vivi最后一次来的时候，跟他说："我以后可能不能来了。我爱上别人了。"他愣神了一下，问："是谁？"而他心里蹦出来的念头是：难道你之前是爱我的吗？但是晚了，现在你已经爱上别人了。Vivi说："我现在还不认识他，他也不认识我，但是我真的爱上他了。我打算接下来去认识他。"他不说话，把手伸过去给Vivi枕好。Vivi接着说："我爱上了开933路的那个司机。我现在给933路起了个新名字，叫酒酸酸。想起他，我的心里就酸酸的。你一定觉得公交车司机都很老的吧？不是的，他特别年轻，特别帅气，留着一头长发，穿着衬衫，夹克，衬衫用皮带套在西裤里，他开车的时候很酷的，从来不看我们一眼，也不说话。我觉得坐这一路公交车的小姑娘，都喜欢他的，但现在应该还没有哪个骚货上去搭讪，我觉得我得快点下手了，不然来不及了……"他没有把Vivi的话当回事，只是翻身上去，让她再次发出快乐的叫声。但那次之后，Vivi就不再来找他，也不接他电话。他发消息过去，她回复说，不是告诉你了吗，我找公交车司机谈恋爱去了。他总疑心她是骗他，然而也没有办法。他不知道她住在哪里。后来他有一次从小区后门出来，在清晨混在一堆上早班的人中间赶933，手里捏着旁边罗森里买的冰结和关东煮杯子。之后——他从前门上车之后，真的看到了那个司机，他知道那就是"他"。"他"是真实存在的。"他"不是个中年人，是一个如假包换的青年，更像大学篮球队的队长，或者是摇滚乐队的主唱，一头长发，目光坚毅，鼻梁很高，身形高大，在他手里，连大巴的那种巨大的方向盘也显得小巧。他注意到车上姑娘都满含崇拜地看着司机，心中没有来由地一阵好笑。

Vivi消失之后，李雪和姜鸣也分手了。姜鸣去了另一个区工作，上海太大，他们的来往开始变少。然而李雪给他发消息倾诉痛苦，有时还会约他去那个防空洞面聊，他总疑心李雪会愿意和他睡觉，但两个人都因为这次失去而兴味索然。最暧昧的时分，也不过是在他的小房间里，喝醉的李雪给了他一个吻，还补了一句"我们是好朋友"。他那时还没有料到这种朋友关系可以维持这么久。李雪是中医，在雷允上执业，但脱下白大褂她就完全不像个医生。前面说过，她涂红嘴唇儿，摘了帽子发型像中岛美嘉，穿皮夹克和牛仔服，热爱文艺，唱歌好听，混迹在各种酒吧、展馆、livehouse，以及音乐节。他乐于有一个这样的朋友，"我朋友的前女友"听起来怪怪的，但他那时还不曾拥有过什么正常的关系。

他们除了不睡觉，其他方面和情侣无异。他去接她下班，一周里至少有四天跟她吃晚饭，陪她看演出，逛街，见她各种奇奇怪怪的朋友，但没有人在意，或者说都默认了他们的关系。李雪周六周日回自己父母家，那是大华的一个小区。他周五晚上跟她坐公交车，花漫长的时间过去，然后等她上楼之后再自己离开。周日晚上，他在楼下等她，再一起坐车回虹口各自的住处。他们相处得很好，李雪听他讲Vivi的故事，但他没有告诉她陆楠那一部分。她甚至陪他去看了933路的司机，他依旧很帅，但他们猜不出他到底有没有和Vivi在一起。

姜鸣和李雪是在河马书店认识的，河马书店开在莘庄，某条小路边上有间中国银行，银行24小时柜员机的旁边有道小门，小门进去上二楼，便是河马书店。店主老K是他和姜鸣在网络论坛认识的前辈，老K依托书店办一本民刊《杜马》，多的时候一年能出2—3期。民刊里的文章，是论坛里网友的作品精选，21世纪初的时候，论坛火爆，好作品好作者很多，但各种自办的刊物也多，大家觉得《杜马》简陋，也没有稿费，因此并不在意它，但后来其他漂亮些的刊物渐渐消失，只有《杜马》还是初期简陋的模样，并且坚持到了现在。《杜马》的作者分布各地，因为网络的关系都略显神秘。到上海之前，他在《杜马》上发过一组诗，而姜鸣，用论坛里一部分人的话来说，则可能是《杜马》上最好的小说作者。他和姜鸣第一次到河马书店的时候，老K不在，只有一个兼职的大学生在看店，他们转了一圈，拍了些照片，第二天发在了论坛里。然后老K发来私信，喜出望外地招呼他们吃饭，在书店对面的兰州拉面馆。吃饭的时候，没有人聊文学。老K有些秃头，看着像个商贩，他略微丧气，但姜鸣满脸笑容，和老K说一些他不知道的事情，他意识到：作为几乎每期

《杜马》都有作品发表的作者，姜鸣跟老K比跟他要熟悉得多。之后姜鸣单独去书店拜会老K，再之后，他告诉他自己在书店认识了一个姑娘。李雪那时还不叫李雪，他们用论坛ID称呼她"JL"，开始他们猜测过JL是什么的缩写，某个乐队、某首歌，或者某幅画的名字，后来知道那不过是JasmineLi的缩写。那时，姜鸣最受欢迎的一篇小说叫《白巨人》，是一篇相当难以定义的作品，小说的语调带着一种东瀛腔，但这种东瀛腔因为姜鸣古典文学功底的深厚，又使人觉得它是完全中国化的，而他写的内容是彻头彻尾的现代派，也许可以这么说，如果日本，或者我国古代有一个卡夫卡那样的作家，那便是姜鸣。有的作品，人们看了之后只是喜欢作品，另一些作品，会使你对其背后的作者生出仰慕，姜鸣便属于后者。他听到最多的夸奖姜鸣的话是"觉得他不像我们这个时代的人"。不像我们这个时代，我们这个糟糕的时代，那肯定是不错的，但像的一定也不是某个更糟糕的时代，而是某个更好的、黄金般的、稍纵即逝的历史时期。姜鸣听到这种话也只是微笑，事实上，在公共场合，他的话一直都不多。《白巨人》写的是一个四人家庭中，患了侏儒症的大儿子的故事。出场人物是爸爸，妈妈，哥哥，妹妹。三个正常人，一个侏儒。家庭是中国80—90年代常见的城市家庭，父母的背景被隐去，只有亲人交流的情节。妹妹幼时迷恋着哥哥，稍稍大些后，意识到哥哥是个侏儒，亲情之爱与男女之爱纠葛，妹妹最后通过自戕使自己的身量留在与哥哥相近的程度，不再长高。姜鸣的描写怪腔怪调，又动人心魄，小说情节在道德的边缘游走，却又轻轻一点不着痕迹，一个爱情故事的内核被赋予了含义复杂的气息，令人赞叹他的文笔高洁、构思巧妙而不落痕迹。《白巨人》在论坛上激起轩然大波，所有人都在谈论那个"写《白巨人》的jm"（小写的jm是姜鸣的论坛ID，这个仅有两个英文字母的论坛ID也显示出了他老用户的身份，与神秘高贵的个性）。

他能够看出来，李雪非常喜欢姜鸣，她想弄明白他，她把他们称为"双J组合"，在网上互秀恩爱。但姜鸣跟她上床，带她认识自己的朋友，甚至带她回家见过自己的父母，却始终令她觉得隔着一段距离。这段距离，看着近在咫尺，却显得有些不可逾越。在二人认识之初，李雪表现得神秘、聪明，不论评点人物还是作品，总是一针见血。姜鸣很喜欢和他谈论李雪，为有这样一个女朋友而骄傲，姜鸣把所有的事情都事无巨细地和他分享。李雪在评论作品方面的天分，李雪偶尔写下的一些闪光的句子、段落，李雪家族中某些聪明而显赫的长辈，李雪的初中和高中都很好，成绩优秀，李雪新发现的某个潮牌，李雪喜欢的某种彩妆，李雪修长的身材，李雪平摊的胸部和翘臀，以及双J组合激情四溢的性爱……姜鸣和他说起这些东西的时候，眼神干净，语气平缓，他不觉得二人的感情有什么问题，并且他们的感情对他而言是一种良好的参照，他羡慕，也期待自己有类似的感情（当然，类似李雪的姑娘并没有出现）。后来，在他和李雪熟悉了之后，才在李雪那里意识到情况完全不是姜鸣说的那么乐观，姜鸣对接近自己的姑娘来者不拒，李雪可能在他心中占据了一块相对接近核心的位置，但远远不是全部。姜鸣在认识李雪之后，很久没有写出像《白巨人》这样耀眼的作品，他将这一切归罪于与李雪的这段感情。二人之间的距离越来越远，等李雪终于认识到这段距离如咫尺天涯——也就迅速地、满含着绝望地被姜鸣甩开了。姜鸣和李雪相处时，不断还有别的女生来飞蛾扑火——不只是论坛上那些热爱文学的姑娘，还有姜鸣生活其他环节莫名出现的人，他甚至去邮局寄一封信，也能认识附近小区的年轻姑娘。和李雪分开之后，姜鸣迅速地和其中一个进入了相似的恋爱状态。

他和李雪的来往，姜鸣并不知情，他后来和姜鸣见面不多。有一年临近春节的时候，姜鸣曾电话给他，电话响了很久他才接，但姜鸣客客气气，只是找他打听一个熟人的电话号码，二人约了以后出来吃饭，但这个"以后"迟迟没有到来。河马书店在莘庄的房租到期后，老K把店面搬到了南浦大桥附近，他开始和李雪一起在周末的时候过去。老K总是在，即使不在，也会在他们一条短信之后赶过来，给他们送上最新的《杜马》。姜鸣已经不再发表小说了——也许即使发表也不再给《杜马》，上面是一些他们已经不大认识的名字。老K和他们聊佩索阿、聊黄灿然和卡瓦菲斯、聊狄兰•托马斯，他们待在河马里，喝老K泡在玻璃杯里的铁观音。后来，每个周日下午，老K会固定组织朗读会，主线是一些固定的安排好的朋友上去读《杜马》往期里的诗歌或者小说，间或也有临时来的客人，上去念一些自己喜欢的东西。有段时间，他和李雪几乎每个周日下午都会过去，做固定的朗诵嘉宾。他注意到常去的人里有个身材高大的小青年，脸上带着轻浅的痘痕，手脚粗大，穿着朴素。某个下午，黄昏时分，小青年读了一段《白巨人》，说这是他最喜欢的小说。

老K告诉他们，小青年叫小庄，是负责这一片儿的警察，他工作的一部分，就是到这些书店之类的地方走走看看。小庄给《杜马》上的投稿邮箱写信，寄来自己的小说，和《白巨人》的风格差异巨大，是卡佛式的。情节是一些审讯的段落，几乎只有对话，但最终的结果都指向荒诞和苦涩。令他印象最深的，是描写一个新上任的年轻警察（应该就是小庄自己），在一次110深夜接警后到某小区出警。乃是楼下的302室投诉502室厨房漏水（新式小区为趋吉避凶，没有4楼、13楼），然后两家人在走廊里发生了口角。处理完纠纷之后，小警察发现502室女主人的老公刚刚过世，处在一种伤心欲绝、万念俱灰的状态，于是多留了一会儿，提供了一些帮助和安慰给她，二人之间有了一些似是而非的火花，之后女主人开始故意找琐事报警——因为她发现每次都是他来。在这段纠葛开始变得像感情的时候，小警察在超市里遇到女主人和另一个男人在一起。小说戛然而止。论坛式微之后，《杜马》停过一段时间，后来靠熟人投稿勉力维持，但也很久都没有什么佳作——老K说他找过姜鸣约稿，姜鸣答应下来，却什么也没有给。只有他依旧在写那些用幻觉织成的诗句，但依旧像刊中被遗忘的角落。小庄的出现令人惊喜，老K也激动，常常忘记小庄是来书店巡查工作的，和他称兄道弟。小庄很沉默，看起来有一种与年龄完全不符合的成熟，只有大家集中讨论他的作品的时候，才会犹豫着做一些辩解和自白。"我现在觉得，小庄这样的才是好小说家的样子。姜鸣那样的不是。"李雪在回去的公交车上突然和他这么说。他震了一下，没有说话，李雪继续说："还有你，你这样的，才是好诗人的样子。""但我们，我和小庄，还是都没有姜鸣写得好。"他犹豫着说。"估计现在也只有你自己这么认为吧。"李雪说。

李雪开始对他感兴趣，觉得"你比姜鸣好"，也是从这次之后。毋庸置疑，起因是小庄的出现，但这中间的关系，他有些弄不清楚。具体到他们二人之间，李雪仍旧坚持认为他们没法做恋人。"都太熟了，不好意思。"她这么强调着，在每一次两人关系可能变得更暧昧的边缘踩刹车。然而她有时会下意识地对他撒娇，责怪他"都是你把我的桃花挡掉了"，而且一旦他不能按需按时出现在她身边，她也会明显流露出一种哀怨："你到哪儿去了？"他听着她在电话里这么说，觉得被她紧紧地抓住了。他也不确定自己的脑中有没有过爱上李雪的念头，李雪总是和一些幻觉缠绕在一起，Vivi，防空洞般的酒吧，姜鸣的微笑，933司机，河马书店……但可以肯定的是，姜鸣的阴影仍然存在，他也无意成为更大的阴影覆盖姜鸣，他觉得李雪总有一天也会离开，消失在人群中，尽管这种感觉很荒谬——要知道，那家雷允上生意很好，只要他想找她，工作日过去，李雪几乎永远穿着白大褂坐在里面和病人们言笑晏晏，况且招牌上写了，雷允上存在了快三百年，还将继续存在下去，李雪和李雪的一切，是不会消失的，会消失的人，更应该是他。这些年里，他的工作仍不稳定，一直在换，也挣不到什么钱。最初，他在一家生产餐具的企业做企划，他们只给他4200，两年之后，薪水还是这么多，他和主管他的台湾人谈了一个月人家也没有松口，之后他气急败坏地转职到了一家生产脱水蔬菜的企业——企业在苏南，上海只是个办事处，但只待了三个月，这间办事处就不行了，他又跳去了一家外国的食品公司。这一次，也是唯一一次，他交了好运，薪水到手有8000，上班的地点是人民广场的写字楼，他有了一种"终于冲出虹口区"的奇怪感受。但他依旧没有女朋友，工作之余依旧和李雪混在一起。最近一年里，他们终于在一次酒后开始做爱，幻觉里的李雪，和他一起在中药丛生的温泉池塘里泛舟，丹参、艾蒿、决明、豆蔻、檀香、菊白……二人报着药名发出快乐的叫喊，然后在身体平静之后恢复冷淡。李雪并不喜欢他的身体，他对比自己和姜鸣，觉得自己的身体确实没有什么亮点，于是掐掉了索求更多的念头。后来，不论是出于欲望、厌倦、懒惰抑或无聊，他们每周上一次床，或者两周一次。周六晚上，他从普陀接李雪出来，看一场电影或者逛街，精疲力尽之后一起回他的住处抽烟，喝酒，倒头大睡，然后在周日上午醒来，做爱，下午他们一起去河马书店，朗诵，喝茶，与老K讨论诗和小说。

他负责这间外国食品公司的一款多年没有变化的饼干——甚至连包装也没有换过，广告一直沿用三年前的版本，只做过一些LOGO的微调。食品公司的中国分部沿用全球总部的广告代理公司。入职一年左右的时候，他才第一次到这间代理商的中国分部开会，会到一半他去洗手间上厕所，理裤子之际抬头，看到陆楠的脸在背后的镜子里。他呆住了，而陆楠的反应要快得多，全然没有尴尬地露出笑容和他打招呼，并热情地把他拉到旁边一个小房间问东问西。陆楠的头发留长了，打着发蜡，一边耳朵上有一个小小的耳钉，穿着入时，身材很好，看起来健康明媚，光彩照人。他眼神中依旧带着水汪汪的深情。两人互相交换了微信和名片，像商场上初见的朋友那样。代理公司临下班的时候，陆楠在会议室门口等他，约他去富民路的一间餐厅吃饭，他答应了，同去的还有广告公司的其他人。

但是最后还是只剩下他俩，他不可避免地喝多了，陆楠也是，但尚可站立，他一直想呕吐，蹲在路边，却有一股莫名的尊严抓着他让他什么也吐不出来。脑子里嗡嗡作响的，全是陆楠和他喋喋不休的，这些年的经历。陆楠到这家广告公司，是姜鸣介绍的。姜鸣便是他管理的那款饼干的创意负责人。一年以来，他责怪代理公司没有办法就饼干的产品包装、品牌管理、推广海报、电视广告拿出任何有想法的东西，一年以来，他试图绕过这个公司的业务部门直接和创意沟通但始终没有成功……他意识到被自己一次次毙掉的文案，一次次打回去重写的脚本，都来自姜鸣，那个写出《白巨人》的，满面微笑的，使李雪魂牵梦萦的，阴影无处不在的，挥之不去的姜鸣。那些文案、脚本，确实都毫无才华，满是陈词滥调，他不知道是为什么。而三年以来，即使在他没有入职的时候，姜鸣从他人生中消失的那刻起，就把自己卡在了这块一口即可吞下的饼干上，耗尽了人生和才华……这些东西，经陆楠之口不加修饰地说出，显得异常摧枯拉朽。"广告公司和甲方嘛，你懂的。""姜鸣不是很适合这一行。""你们甲方有时候是太过分了。"他也意识到，也许姜鸣是在刻意回避他，或者压根儿不知道也有可能——总之，现在的他是姜鸣要竭力摆脱的东西，或者至少他现在代表着这一些东西。陆楠对这一切，他心中翻江倒海的一切，似乎毫无感觉，一无所知，陆楠以为他只是开心，久别重逢，喝昏了脑袋，他徒劳地拍打着他的背部，有一搭没一搭地和他说话，他不知道他想吐出来的并不是胃里的东西。

"你和李雪还有联系吗？""你还记得李雪吗？""后来我想联系你的，我和李雪闹翻了，也没有你手机，那时也没有微信。""我以为我再也见不到你了。"他艰难地回话："你们怎么闹翻的？"陆楠仍旧站着，用脚反复踩着路沿："还不是她觉得我勾引姜鸣，她那时像神经病一样，姜鸣不可能喜欢我的，我也不喜欢他，那时我就觉得她守不住姜鸣。""为什么，为什么觉得她守不住？""嗨，感情这个东西啊……"后面说了什么，他再也听不清，他感到陆楠把他从地上拽起来，扶着他上了出租车。男生的手骨节很大，让他觉得自己软而温柔，陆楠比他高出一个头来，他把他揽在怀里，身上有汗、酒和香水混杂的味道，但他感到自己在渐渐清醒过来。脑袋里，那个幻觉构筑的世界似乎在一瞬间消失了，不是崩塌，是消失，仿佛从来没有存在过。那些军队、乌鸦、柿子、龙、独角兽、鹦鹉，或者是其他一些什么东西，都开始让他觉得可笑。更奇怪的念头是，他开始觉得，在此刻，在陆楠面前，李雪也显得可笑，和李雪之间的约会、牵手、性爱，都开始显得可笑，不稳。他感到自己浑身燥热，有一种未知而陌生的东西左右着他，使他更紧张、更小心地往陆楠手里缩着，他感到自己越来越小，站在一片苍白、平坦，远处能看见山峦的原野上，原野上空无一人。最后只有陆楠了，他从天而降，将他一口吞没。

[正文完]

poetry

诗 选

猖狂

一段细小而微弱的旅程

幻如泡影

慢慢发出声音

你得在其中停驻

多么稀有

像昂贵的鹿

依附于速朽的山峦

千年前的女人

身着华服

用狭长的食道歌唱

她吃花，吃狐狸

她是剑客，被茶水麻痹

千年以后我在树下为她痛哭

树已成车，树已成舟

我刻舟求剑

将至最后的穷途

浮狮

在冬天的河里捉狮子啊
众狮团坐河心亭
有狮敲锅，有狮洗头，吹打干净，恍然如梦

这些安静的水饺噢，白而轻浮
一个饺子唱——
"年轻戴礼帽，老来戴墨镜，一把火烧了河，从此我
不渴"

我在水里游来游去，跟着唱

周围的世界，渐渐变暗
狮子们竟熟透了，我满心喜悦，沉入其中
狮子，狮子，头大如斗，心思不能言，急得团团转

夜班　　河流又一次被确认

躺在岸边
我是
昏暗的鱼鹰
我梦里的烂船
巧克力漂浮
都比不上
死

烂船先生
死便不用喝醉
不用一夜一夜地望着你游荡
从城中到城外
念你的名
吻你的玫瑰

我在人群中抱你
在水下抱你
像被风吹散的地球
在树木注视下胡乱穿行

我一直拥有的山脉

抽不完的草叶
内陆忽然变少
我有了十个爸爸

十个爸爸本领大
开路搬山打屁股
连警察都笑了

烂船先生
我飞起来一点点
只有一点点
我是蓝色的
在夜空下贴着地
我不知道我的终点是不是终点

外省

云反对天

树木反对你

在狭长的岸上

你也曾反对默默的河水

这是垂直的深夜

星星变小了

车开在种满金羊毛的地里

陪你受苦

郊区的深处是一片烟

永德路上的卡门啊

跳舞的红狗

通过消失

你戒掉白昼

也重新发明了自己

捉妖

下课
眼睛狭长的老人
在树下叫卖
力拔山兮摘个桃
北京派来的班干部啊
用了都说好

北方多蚂蚁
南方有狐狸
星汉若鸡蛋
全民皆好汉
地道战啊地道战
靠的是祖荫
吃的不讲究

你不讲究
仙人牵小狗
小狗没毛
走在水上
天下事已至此
你怎能无耻到这样的地步
我们打碎月亮

说暗话

眼前一杯酒
喝了不怕狗
醉里看那风中狗
蓦然回头
如何像老虎？

又像起义的小和尚
下山
见风就长
眉上都是肉
三年杀人八百万
冲天香气透长安

包龙图
收拾旧河山
他不是妖怪
不姓阎
他用惊堂木定阴阳
流的是眼泪
喝的是好酒

没错

说是朋友来了

有好酒

春天

我变成了更宽阔的路

更低沉的音调

我拿着琴

每个走过的人都拍手

我歌唱早早下班的树木

歌唱熊和狐狸

唱得忘了眼里的沙

忘了手里的粮食

我不能看见所有的黄昏

不能看见铁轨之上的晴空

也不能假装喝光所有的酒

赶走所有的云

说自己真的醒了

这仍是春天的城市

春天的，麻醉的家

在这里没人失去

也没人满足

现在的风该是苹果味儿的

现在却没有风

我该有个笔划干净的名字

我却没有名字

假大海

最好的夜晚是轻的
和树木共生
被风吹着通向过去的
金色的日子
你想要的人都在那儿
年轻，有力
勇敢像绸缎缭绕在
他们的手臂上

可拿镰的
不一定收割
生活在地上的
天空对它也并非必要
世界熄灭后
人就从道路上剥落了

那灰色的道路
像痛苦一样清澈
只剩下你
和你如河流般昏暗的
黑儿子

不止一种教育

要在你肩头降临
不止一颗心
要轻慢你的沉默
玉石里没有晶莹的知识
没有温情
泪和玉石混在一起
玉石和冰块
混在一起
冰里全是大海

海又那么无边无尽
你无法说出是不是它
带来火焰和恐惧
也不能模拟星辰
去拯救一个闪亮的念头
时间过去了
你坐在一堆赝品里
却妄想自己会是真的？

你有毒的翅膀
不该是双手的道路
把艰难错认作飞行本身
开始和自己

积重难返的一切重合

"不论是人还是野兽

古往今来

都没有这种活法——"

可那又怎样

他们一定是要回到这儿的

你还记得你

看到过的彼岸

它正在你背后升起来

像一个火球

罗汉

一切都完了
他渐渐变成烟云和泡影
像乡下来的皇帝
消失在山里
带着他
不可救药的土

夜晚也旧了
他就着灯火
慢慢变黄
钱是他唯一的燕尾服
他点燃它们
那小心翼翼的灰
在空气中就像波浪
也有着
波浪的温暖

人一辈子
像雾中的青草
永远有看不明的部分
他有时是野猪、孔雀
有时是发霉的橡树
更多时候

他弄不清自己是什么

能确定的是
他早已走在了人世的背面
悲欢是刻入深心的经文
星空若明镜高悬
人们喊他，拽他
却不再能改变他的旅程

西天

夜过丰都
你眺望恒河上的船
哎呀，不如归去

李白乘舟将欲行……
浮出水面的手
卡住了他的美梦

我本清平极乐之人
于朗朗乾坤下
依葫芦画酒……

噫，森罗万象
天下大乱
梦里人头触不周

这儿是你泪水的遗址
冰冻的章句
我要如何掺和你混乱的生命？

笑里吹灯拔蜡
一束无明之光砸你脸上

哦圣洁的巴掌
两税法初行
他官至四川川长
好饮酒，三碗不过三峡

无数次被展开的地平线
冷静的树叶和沙
将军和金子

在草原上发现灯塔的人
在海上烧起烽火
秦皇汉武谈笑风生

不要和湖南人打架
不要相信麦克风
也不要抽中华

你能看见是因为你有病
这很难
你周围的空气都在骗你

没有一种烟跟你是朋友

风吹草低见大麻
你只能跟自己说实话

整个内陆的心在崩溃
河水，大地
更缓慢的是山

没人有什么办法
只有风把夜晚吹出了裂缝
这里是无尽的南方

这里有无尽的太阳无尽的梦
乌兰巴托姑娘啊
翻过喜马拉雅我们一起上西天吧

蔡朗

坐在地板上吸烟

我是名字里有湿气的人

烟火和极光夺去我的视力

却给我平静的内心

穿过街道，在水里放生植物

像岛国冬天的风

过了桥，就于旋转中暂停

我看生死，看黄昏

看又一次盛开的紫罗兰

我像恨出租车和供电塔一样恨你

我会不会变成冰块

变成沉睡的弥陀？

我想起南方、温泉

成片成片的竹子，深夜的乌鸦

我想起它们在我的身体里

微不足道，却令我神迷

绝了

噢，我儿，我命
我似是而非的……小马驹
我须赐你热烈的冰，灰色的情
爱你飞来的大脚，犹豫的耳

我的鸟啊它在变
像微弱的算术
饶舌的草
在雾里驻扎，退休

在雾里——
那欢腾的魔鬼不灭的夜
泪水中没有真义
只有忘不掉必须忘掉

如果问
我不在天上地下乡里军中
我不在——

你要学会停
这没什么

我本就是你永不能了解的——

一次傲慢，会飞
在人群中不断走失，又被确认的闪烁

鸿毛

在黄昏
我变少的头发
吹动城市上空的树林
吹落了一片片灰影
沙沙地掠过
它们用翅膀拍我的心
那空洞
沉睡的教室
但我已走在自己的路上
不能回头
我的前方是永夜
是夜空下的蓝色浮冰

只要够轻
我就能抵达

清洁

这里，这些大声欢乐着的人

在我身边坐下

几乎逼出我身体里的寂静

我羞愧得像雪，像雪里的树

低矮，低垂，只有干巴巴的心

灰色鸟在我肩头等夜晚

我在等黎明的旅人

我一口口喝茶，喝一切让我复苏的东西

但我不说我的念头

不让他们明白我，我轻轻地变淡

仿佛披上了暧昧的衣服

远离一切，在言辞中升华

他们是些有害而无用的东西

正在成为我的光环

乐极生悲的光环，醉倒的光环

一直扩散到窗外，空中，远处的工厂

我沾湿双手轻拍额头

树叶，树枝，雨伞，雨滴

我一个个数着

我控制他们安静下来

我控制他们离开

逍遥游

江水在此转向
更清晰，也更宽阔
慢慢抹出一个圆

一片，白色沙地
戴黄帽子的工人们站在那儿
弯下腰，又直起

工装裤和胶鞋轻轻摩擦
哗啦啦的声音
像用旧的波浪

明明在睡午觉
又突然来到这里
心一下就凉了

却没能碎
只是滴滴答答的伤感
比电子琴还没种

一截尾巴拴住了

罢工的脑袋，要给
这老电视灌汤，边灌还边晃

它就有序地混乱、崩溃
人们乐呵呵地看
看这可怜的玩意儿不会掉头

水里当然没活路
人们只在水边生火，又浇灭
造出干净而缓慢的烟

这些烟是青的，散漫着
像问号，又带韵律
顺水而逝

逝到看不见的地方
有人跳刺鼻的舞，在那儿
也有人笑起来像哭

煮些沥青，煮些树枝
给醒来的他们

可以边煮，边唱点什么

毕竟走了这么久
也没想起身在何处
比风还笨，又没工人强壮

一加仑自信，400cc生铁
……蒙古办法，毫无用处
简直像掉进了悲伤的番薯窖

吃吧，只能把这些草统统吃掉
你整个人都绿了，慢慢地
不真实……到超现实

白的沙，黑的坑，坑里冒热气
工人们拍手：你好面熟啊
该哭的还在哭，往前走的都得回来

永夜乐

永夜来临

飞鸟尽

蘑菇用于酿酒

木已成舟

退伍的弟弟不谙经济

革命气短

自南方败退

家人云：世事若此

他即平心静气

无论河南河北

借年画春联

书尽余生

初一

我们终日相对

说起某家靠清闲致富

某家又引喻失义……

初二翻看旧信

提及他年少时

远戍新疆的伤心

初五尊长登门

弟兄双双立雪

愧对婚嫁，生计

也愧对院中飞走的树木

失修的天伦

十五

新疆的伤心

爬上窗棂

变成月亮

我看弟弟瘦削的脸

弟弟看天

我们一杯杯干酒

行长夜之饮

弟弟起身

关门闭户

未来的一切

被挡在院外

这里只剩往日

它狭长的阴影

淡薄了

生死的界限

三十年

打井者在院中现身

书法和山水画

开始回暖

三十年

第一瓢井水凛冽醉人

我举目即可看见

参军的叔叔

高考的爸爸

弟弟神色安闲

在晦明之间游走

倏而

从那边递过水烟壶

一股凉意从脚底升起

我已口不能言

直觉自己在外多年所事尽皆土灰

几欲在这片芬芳中

心死，玉碎

小钻风

别唱戏了
把光掖进心里
也别再听信
街上叫你的人
他能医你的沉重
医不了你被风吹起的灵

所以忘记他
认真修鞋，修仙
修拖拉机
和刚上手的本地女人
你们的菜不多了
要爱你英俊的兄弟
喂他吃土
带他飞行

在天朝
英俊往往于事无补
领导太多
地图上全是叉
清风寨一倒
宝藏向更深的地层逃逸
MMRPG

此地无银

也无办法

国师的胡子掉完

你就得走

向西

到有和尚放电影的地方

谋份生计

那时你就吃不下肉了

你儿子也会

脆得像耗子

你们在水井前得道

白日留学

筋斗云若超载的火车

哭哭啼啼

眉毛胡子一把抓

早在阴历之前

光会喝酒就没用了

魏晋风流

浪奔浪流

害死了

竹林里的鬼魂
水中的皇帝

但创新是你家进步的灵魂
你的后代多话，多金
多漂亮
从新世纪开始下蛋
一个接一个
圆的方，方的圆
才华横溢
上则为日夜，四季，星辰
下则为诗经，司南，夜郎
万般皆不动
一门洋泾浜

金刚

穿过旷野，卷起微尘
这一次的醒来
不同于往昔
我的头发变成了金色
我在笑
我少量的、颠簸的自尊
像轻轻的马达
在人群里忽明忽暗

为了相信生活
我必须去市场卖鱼
天色尚早，我还看得到
我身体里的光
这样的时刻
我将依次赞美
钞票、斗秤
客人们骄傲的腥气

肩负脆弱的证据
我站在这儿
像个流离失所的问号
但我深信
在通向圣地的途中

不能停止自我怀疑
神会在每一场交易中出现
带给你压抑的儿子
越流越慢的血

我利用春天隐身
学吹一种新乐器
放下一个又一个爱我的人
直到衰老
把我变成了
一团又冷又饿的火
我才发现
我什么都不曾忘记
我黄色的眼中
有默默行走的羊
它细细的铃声
引我在这世上走

我想把自己走成一封信
回寄给你们所有人
你，你，还有你……
我出售一切东西
生来就是为了清空

你们的苦痛

可交换我的祝福：

希望你们像我

有金色的头发

金色的前途

额头上挂着怒目

热情终生不灭

即使一直没有家

也从不畏惧

海滨

用旧钞票买科学
买露天电影
也买一去不回头的爱人
我是下班的渔民
发光的扑克
夜色漫过耳朵
我瞎了，看不见海水
船，也变得难以承受

我已经被撕碎了
老人们抢我的钱
站在市集里，我穷得
像一滴暗灰色的水
我想起充满噪音的白昼
垂直而单调的对话
我也怀疑每个梦
不接受直立行走的结果

他们说：你小声点
活着的人，渐渐高出地平线
但我无法忘记海面下
还有长水晶头颅的亡灵
闪电吸引了这些

过度盛开的失败者

并使他们歌唱

歌声像不稳定的金属

蓝色的火，在烟囱上浮动

弯曲，仿佛带有

愉快的芳香

我复制他们的歌声

在高高的烟囱上

这里有迅速掠过的风

和开火车的马

这里是遥远的异邦

记得我的人会来看我

在这空气稀薄的海底

我们买海浪，买海星

也买喝醉的夜明珠

我们数着新赚来的钞票

渐渐变成无情的泡沫

子曰无药

外地和尚，肤白少须，性若惊弓之鸟
在家囤积各色春宫、药石
寡言少语，妄想就此应付现代生活

他窗临大街，爱好几何
日观浮尘、车马，画下直角、圆弧
夜晚，和尚至月下洗浴，练武，目光狂热

吐纳之余，和尚思凡，对空杯
间或看到几个好男好女，便流下乳汁
有二：汁名有情，如鲛泪，汁名无情，如淡水

和尚是天生的草，入梦容易入世难
他在虚无中与佳人们推杯，在入夜之际
化为发光的水族，天亮后变成俗人，黄昏死一回

面对钟表，和尚则是口吃的哑巴
时针骗，分针偷，它们用快慢替代规律
哑巴当秒针，嘴瘦脸长，最后用第三条腿在世上跑

怎么才能不做和尚呢？他栽胡子，穿西装
卧冰解方程，求和不得，被拖进生活深处阉割
可怜一腔红毛番话，话成了闷屁、咳嗽、风葫芦

279

没有用处的歌

某年春天
或者是深秋
我们都失语了
这一点比季节确切
可能在下雨
你便也显得残缺
看起来像
被云吃掉了一些
我则囿于一次错失
懊悔使我忽略了
你是如何坐下在我跟前
说起那些旧事
我认为我都忘了
其实并没有
但我不觉得我在说谎
只是不想轻易
向时间认输
毕竟我们都不够好了
这倒还挺好

我的话更多
绕来绕去的修辞
经常引用的宗教

都使我显得更含糊

但用这些

填满生活周围的黑暗之后

也并没有让生活

更接近光明

所以当你提起一只

握在手里的飞鸟

它鲜明的羽毛

温热的触感

与不断试图逃脱的跃动

便是全部了

而这也是我们

唯一的价值

一只从我们手中脱出

飞向黑暗深处的鸟

我不再能确认

人群是不是我的海水

我已变得谨慎

不游泳，不易溶

临事反复洗手

说了告别就不回头

遇上那些动人的

陌生的活物

也不再留电话号码

但我没有老啊

我在地层深处年轻着

像将要形成的煤

将来我们会有用的

——但即使没

我们也有说笑一下的理由

因为真正衰老的

正是这个星球发出的

淡淡的光

如今它视线之内的树木

已不被允许年轻

鸟落大地

走兽腾上云端

万事万物凝固在过去的沼泽里

等待火焰来临

而我们将对未来知无不言

我们将有一个

健谈的未来

你可以不同意

当然我也不承认——

这是一种乐观

毕竟残缺是我们

火焰也是我们

我们沉闷的笑容

正是事物的一部分

可日复一日

穿过楼道，桥梁

没有风的广场和大街

就是想击碎这些

看似坚实之物

我们穷尽了目力和言辞

最终碎的却是自己

两个彼此温暖的幽灵

在没有时间的夜里

本打算盲目地欢乐下去

啊，要知道我们曾经

像虚无那样存在过

以阴影的方式

只需呼吸

便芳香四溢

ONE book

监　　制：韩　寒

策 划 人：朱华怡

编　　辑：陈　波　朱华怡

特约编辑：金子棋

策划推广：金怡玉玲　韩　培　顾诗羽

特约发行：宗　洁

特约印制：张春笛

封面设计：雾　室

版式设计：胜　野

官方网站：wufazhuce.com

官方微博：@一个App工作室　@一个图书　@亭林镇工作室